2010년도
제25회 소월시문학상 작품집

2010년도
제25회 소월시문학상 작품집

문학사상

제25회 소월시문학상 대상 수상작 선정 이유서

문학사상 주관 2010년도 소월시문학상 대상 수상작
송재학 시인의 〈공중〉 외 14편 선정

　(주)문학사상이 주관하는 2010년도 소월시문학상의 대상 수상작으로 송재학 시인의 시 〈공중〉 외 14편을 선정한다.

　송재학 시인은 특유의 언어 감각과 조사법措辭法을 바탕으로 시적 진술의 이완과 긴장을 동시에 포괄하는 산문시의 새로운 경지를 개척해왔다. 이 시인이 보여주고 있는 풍부한 감성과 섬세한 지적 통찰은 산문체의 언어와 그 율조의 변화를 통해 다채로운 이미지의 조화와 균형을 가능하게 하고 있다. 특히 시적 대상에 대한 시인의 생태주의적 관심이 그 존재의 가치를 미학적으로 재해석할 수 있는 새로운 시적 가능성을 열어놓고 있다는 점은 매우 중요한 의미를 지닌다고 할 것이다.

　소월시문학상 심사위원회는 송재학 시인이 빚어내고 있는 산문체의 시들이 감각적 이미지를 축조하면서 놀라운 시적 성취에 도달하고 있다는 점을 높이 평가하여 2010년도 소월시문학상 대상 수상작으로 선정한다.

2010년 4월
소월시문학상 심사위원회
김남조 · 오세영 · 문정희 · 송수권 · 권영민

차례

대상 수상작

송재학

이재무

황인숙

손택수

심사평

송재학

공중 외

1955년 경북 영천에서 태어나 경북대를 졸업하였다.
1986년 《세계의문학》으로 등단한 후, 시집 《얼음시집》 《살레시오네 집》
《푸른빛과 싸우다》 《그가 내 얼굴을 만지네》 《기억들》 《진흙 얼굴》,
산문집 《풍경의 비밀》 등을 펴냈다.
김달진문학상, 대구문학상을 수상하였다.

공중

　허공이라 생각했다 색이 없다고 믿었다 빈 곳에서 온 곤줄
박이 한 마리 창가에 와서 앉았다 할딱거리고 있다 비 젖어 바
들바들 떨고 있다 내 손바닥에 올려놓으니 허공이란 가끔 연
약하구나 회색 깃털과 더불어 뒷목과 배는 갈색이다 검은 부
리와 흰 뺨의 영혼이다 공중에서 묻혀온, 공중이 묻혀준 색깔
이라 생각했다 깃털의 문양이 보호색이니까 그건 허공의 입김
이라 생각했다 박새는 갈필을 따라 날아다니다가 내 창가에서
허공의 날숨을 내고 있다 허공의 색을 찾아보려면 새의 숫자
를 셈하면 되겠다 허공은 아마도 추상파의 쥐수염 붓을 가졌
을 것이다 일몰 무렵 평사낙안의 발묵이 번진다 짐작하자면
공중의 소리 一家들은 모든 새의 울음에 나누어 서식하고 있
을 게다 공중이 텅 비어 보이는 것도 색 一家들이 모든 새의
깃털로 바빴기 때문이다 희고 바래긴 했지만 낮달도 渲染法을
기다리고 있지 않은가 공중이 비워지면서 허공을 실천 중이라
면, 허공에는 우리가 갖추어야 할 것들이 있다 바람결 따라 허
공 한 줌 움켜쥐자 내 손바닥을 칠갑하는 색깔들, 오늘 공중의
안감을 보고 만졌다 공중의 문명이란 곤줄박이의 개체 수이다
새점을 배워야겠다

바다가 번진다

바다가 번진다 흰 갈퀴 뻗대는 볏이 있다면 귀 없고 눈 없고 입 뭉툭하지만 파도의 맨발로 바다가 번진다 내 작은 몸에도 수면이 있어 바다 이야기가 있다 지쳐 있고 다소곳한 걸음만 본다면 바다 쪽은 파도의 뒷꿈치이다 내륙에도 소실점을 세우고픈 바다가 가진 수평의 욕망이라면 파도는 끝없이 내륙을 쓰다듬고 파헤치고 발기는 손발의 뼈 같은 것이겠지만, 내륙의 살을 만지려는 욕망이 더 간절하기에 波高라는 은빛 갈등으로 바다가 번진다 일몰과 일출이 필요한 내 몸에도 수시로 바다가 도착했다 바다가 번질 때마다 파도의 등 푸른 언어가 필요했다 弔詞가 있어야만 했다 뼈가 허옇게 드러난 내륙의 상처를 핥으며 바다가 번진다 기름지느러미 퍼득거리며 물고기가 실어 나른 일만 개의 비늘이 내륙에 도착했다 그만하면 되었다고 짐작한 사람들은 내가 죽은 뒤에도 바다는 수평선이 더 필요하다는 걸 알지 못한다

나비 날개를 빌린 얼굴

나비 날개의 濃淡도 모두 달랐던 날들,
나는 왜 나비 날개의 온도를 닮았던가
짐작해보면 나는 내 의문이지만
내출혈하듯 얇은 가면이기도 했다
피를 흘리면서도 어둠이 편했던,
나는 더 많은 얼굴이 필요했다,
얼굴을 지우면 더 앙상한 얼굴이 도착했다
얼굴의 빈틈으로 내장이 밀려 나오기에
느티나무 그늘을 두텁게 발랐다
나무가 빌려준 나뭇잎은 눈썹뿐이어서
내 얼굴에서 캄캄한 입은 없지만
어떤 얼굴에는 수면을 가진 이목구비가 있다
나비가 미묘한 곳에서 출발해야 한다면
얼굴이 바로 그곳이다
얼굴의 지층을 벗기니 날개였다
애벌레를 지나온 나비 떼,
나비 떼를 거쳐온 얼굴들,
내 얼굴은 불편한 퇴적층이므로
나비 날개는 모두 그곳에서 생겼다

물의 상자

저수지 물결이 늦가을 내내
도돌도돌 껍질을 만들 때가 있다
그게 사과 껍질처럼 벗겨지는지 늦가을 수면은
금방 다른 무늬의 껍질을 오돌도돌 만들고 있다
밤이 되면 가시까지 돋아나는 물껍질도 있다
주머니 속 호두를 만지작거리다가
물껍질 안이 궁금해진다
자꾸 껍질을 일구어내니
물의 상자는 흘러내리고 넘치는 것들로 채워져 있는가 보다
수면의 겉이야 제 수줍음이라 하지만
나도 내 입을 꽝꽝 못질할 때가 있다만
겨울 초입부터 꽁꽁 얼어 딱딱해진 얼음의 외피는 또 무언가
물보다 더 부드럽고 연한 것들을 얼음 속 물갈퀴가 붙들고
있다
날이 풀리기도 전에 얼음이 녹고
저수지 중심에서 도드라진 물껍질의 옹이처럼
둥두렷이 떠오른
죽은 사람의 시선도 물속을 향해 꽂혔다

활

　화살은 가슴을 꿰뚫고 내 등 뒤까지 화살촉을 내밀었다 그
러고도 멈추지 못해 오늬는 오래 부르르 떨었다 마치 돌아온
長子처럼 편안하구나 화살은 쏜살로 달려왔지만 내 몸속에서
부터 느리게 파고들었다 생이 끝난다는 절망감 대신 몸에 박
힌 화살을 자세히 보았다 평생 화살을 다룬 사람으로 화살 아
래 죽는다는 것은 영광이지 않는가 아주 잘 만든 화살이다 철
제 촉과 아래 매듭의 균형도 적당하고 무엇보다 뼈로 만든 오
늬가 절묘하구나 탄식이 절로 나왔다 직선으로 가는 화살은
없다 자 왈 대저 활과 화살에 법도가 있으니 들어보라 허공에
법도가 있다면 바람의 도가 있다 바람의 틈을 찾아 바람의 길
을 깨달은 뒤 시위를 당기는 것이 화살의 법도이다 가끔 공기
와 바람이 합쳐진 곳에서 화살은 머뭇거리지만 바람에 화살이
부딪쳤다면 그건 궁사라 할 수 없다 화살은 바람을 상하게 하
지 않아야 한다 바람의 사이에는 틈이 있고 화살을 쏘는 마음
이 틈을 먼저 지나갈 수 있는 눈썰미를 가져야 한다 과녁은 빈
틈의 끝에 자리 잡고 있는 것이다 빽빽한 공기를 비집고 날아
간다 나를 관통한 저 화살은 공기와 공기 사이를 거쳐서 바람
을 조금도 상하게 하지 않고 내 살과 뼈 사이를 관통했다 바람
의 틈을 지난 것처럼 내 살과 뼈 사이를 가지런히 만졌다 내
육체를 조금도 상하지 않았던 것처럼 화살촉도 깨끗할 것이다
좋은 화살에 좋은 궁사이다 이젠 눈을 감아야겠다

단풍잎들

다른 꽃들 모두 지고 난 뒤 피는 꽃이야 너도꽃이야 꽃인 듯 아닌 듯 너도꽃이야 네 혓바닥은 그늘 담을 궤짝도 없고 시렁도 아니야 낮달의 손뼉 소리 무시로 들락거렸지만 이젠 서러운 꽃인 게야 바람에 대어보던 푸른 뺨, 바람 재어놓던 온몸 멍들고 파이며 꽃인 거야 땅속 뿌리까지 닿는 친화로 꽃이야 우레가 잎 속의 꽃을 더듬었고 꽃을 떠밀었고 잎들의 이야기를 모았다 솟구치는 물관의 힘이 잎이었다면 묵묵부답 붉은색이 꽃이 아니라면 무얼까 일만 개의 나뭇잎이었지만 일만 개의 너도꽃이지만 너가 아닌 색, 너가 아닌 꽃이란 얄궂은 체온이여 홍목당혜 꿰고 훌쩍 도망가는 시월 단풍이야

濕拓

　전날 밤은 흐려서 濕拓이 맞춤이었다 달은 이미 흥건히 젖었겠다 권충운의 아귀를 슬며시 들추니 젖는다는 것은 달의 일상이란 걸 알겠다 구름의 일손을 빌려 달빛 몽리면적까지 화선지를 발랐다 달이 그새 참지 못하고 꿈틀거리며 한 마장 훌쩍 미끌어진다 잠 이루지 못하는 새들도 번갈아 달빛 속을 들락거린다 물이 뚝뚝 묻어나는 부레옥잠 대궁으로 화선지를 두들기자 달의 숨결이 잠시 멈춘다 그 위에 달만큼 오래된 유묵을 먹였다 뭉툭한 솜방망이를 가져온 것은 뭉게구름이다 다시 살살 두들기고 부드럽게 문지르고 공글리자, 먹을 서 말쯤 삼킨 시커먼 月蝕이다 모든 것들 집어삼킨 칠흑 어둠이다 달이 탄식하기 전 화선지를 떼어내 새들의 긴 빨랫줄 항적에 널었다 아침부터 달의 탁본이 걸렸다 모서리 없는 濕拓이다 먹이 골고루 묻지 않아서 속빛무늬로 얼룩덜룩하지만 잘 말랐다 乾拓의 때깔도 보고 싶다

베고니아인

　베고니아인이고 인형이다 깡통에 돈을 넣자 사람만 한 인형이 탱고 리듬을 따라간다 일천 페소의 탱고이지만 섭씨 38도의 베고니아처럼 花柳巷의 탱고이기도 하다 베고니아꽃, 이라고도 적었다 베고니아는 사철 피고 지니까 그도 종일 춤을 춘다 일천 페소의 햇빛이 감은 태엽이 풀리자 땀 뻘뻘 흘리며 뚱뚱한 베고니아는 엉거주, 춤 굳어졌다

　허리춤의 빵을 꺼내 먹는 사람, 베고니아인, 이라고 되풀이 적었다 베고니아인의 눈은 휑하니 꺼져서 그의 눈과 비밀은 점차 엷어지는 중이다 베고니아인의 손가락에서 피는 꽃이 있다면 베고니아 닮은 혼혈의 그림자도 장식을 달았다 베고니아인의 기원을 생각했을 때 돌로 된 스페인풍 건물들의 폐활량은 자꾸 부풀었다 또 있다 베고니아인은 오래된 기타리스트이며 가난한 가장이다

　그는 다시 굳기름 같은 엉거주, 춤이다 다음 식사까지 베고니아꽃이겠다 그의 베고니아 화분을 엉겁결에 가져왔지만 내가 키웠던 베고니아와 다르다면 심장을 바꾸어 꽃 피운다는 정도이다 희고 검은 피가 섞인 베고니아, 그가 베고니아 눈을 떴을 때 베고니아 피는 그와 섞이는 중이다, 라고 나는 떨리며 적었다 베고니아는 빵을 근심하지 않지만 빵 냄새의 근친이다

사막의 발자국들

며칠 내내 사막을 돌아다녔지만 새는 없다
모래 위의 새 발자국을 자주 만난다
새가 없기에 조류의 흔적은
상형문자에 가깝다
공중에 남기지 못한 발자국들이다
그 옆의 내 발자국마저 문자라면
사막의 敍事에 대하여 나는 부리로 설명해야겠다
어제 새겨진 물결이지만 오래된 운명인 것은
내 뼛속을 거쳐 사막을 맴도는 바람이
제 앞날을 알기 위해 지우는 발자국이기 때문이다
새 역시 사막에서 떠돌기에
발자국의 길흉을 엿보는 중이다
바람 또한 발자국 없는 발자국을 남긴다고 적는다
사막의 발자국을 기억하여 연결하면
사막을 최초로 날아다녔던 시조새의 뼈가 만져진다

왼쪽 금동 귀고리

1500년 전 열여섯 살 소녀의 왼쪽 금동 귀고리는 찰랑거렸
다 귓불에 부딪치는 패금 소리는 속삭임처럼 달콤했겠다 누가
말해주었을까 바꽃의 독즙은 쓰디쓰다고 소녀의 금동 귀고리
하나는 진자운동하면서 누군가의 오른쪽 귀로 건너갔고 아직
발견되지 않았다 그건 언젠가 아른거릴 아지랑이로 사라졌다
耳環 아지랑이는 아직 없다 처음 소녀가 설렘의 안감 깊이 귀
고리를 감추었을 때 미열 봉지로 친친 감쌌겠다 왼쪽 금동 귀
고리가 꿰찬 빈혈의 몸은 열두 줄 가야 하늘의 속청처럼 푸르
다 그래서 봄이란 이름에는 허공으로 올라가는 아지랑이 발자
국이 있다 아, 가야금의 기러기발과 비슷하겠다 여름에는 여
름 또는 초록이라고도 불리었다 눈이라는 이름에도 고개 돌려
하하 웃었다 별이라는 이름도 실팍했다 금이라는 이름으로도
냉큼 달려갔다 지금 소녀의 명찰은 22-01, 천 년 주검에 매긴
고고학의 숫자이다 아직 부식이 끝나지 않은 이름이기도 하다

니퍼 이야기

니퍼라는 흰 강아지, 주인이 즐기는 〈무도회에의 권유〉라는 춤곡을 늘 같이 들었다 주인이 죽고 주인의 부재를 알지 못한 채 니퍼는 춤곡을 찾아 여기저기 기웃거렸다 빅터 씨가 여읜 니퍼를 초청해서 상표 자리에 앉혔다 니퍼는 빅터사의 나팔 축음기 앞에서 그리운 〈무도회에의 권유〉를 듣게 되었다 그게 사료가 아니었으니 입으로 킁킁거릴 순 없지만 뚱뚱한 주인의 냄새는 분명했다 니퍼는 음악이 끝나길 기다렸다 잠이 쏟아졌지만 곧 등장할 '그의 주인의 목소리'가 너무 그리웠던 거다 한번 만들어진 상표였기에 잡음 섞인 불면은 끝나지 않았다 빅터 씨가 나에게 1930년대 나팔형 축음기를 팔면서 전해준 니퍼의 감동편이다 다시 빅터 씨가 사족을 붙였다 이건 실화가 아닙니다 축음기 역시 실화가 아니지만 나는 니퍼가 그리워한 늙은 주인의 냄새와 비슷해져야만 했다

붉은 아가미

　북해의 鯤이 변하여 鵬이 되었고 다시 변하여 鰈이니, 흔히
가자미로 불린다 한 번도 그 크기를 적지 못한 가자미이니, 우
리가 하늘의 틈으로 엿본 것은 가자미의 아가미, 그것도 창문
에 번지는 입김 같은 노을의 물결로 짐작할 뿐이다 숨 쉴 때마
다 꾸역꾸역 붉어지는 서쪽의 피비린내가 싫지 않은 것은 내
비애이며 내 몸을 자주 덮치기 때문이다 내가 흥건해졌다 나
와 섞이기 위해 저렇게 붉었겠다 그때 우레가 들렸다면 가자
미의 숨쉬기이다 저렇게 피흘리며 한사코 서행이다 懺悔의 서
약을 하고 나도 서행이다 얼마나 많은 서약서를 챙겼을까 동
행의 숫자를 헤아리는 뭇별이 떴다 저 몸치가 죽지 않겠지만
서약이 무거웠으니 천석고황은 피하지 못하겠다 오늘 출혈이
심했고 몸이 어두웠으니 야행은 수월찮겠다 먹은 것 거칠었다
니 새벽까지 뒤척이는 바람의 칼소리 듣겠다 지느러미 하염없
이 붉어지는 선홍빛 노을이여

고딕 숲

전나무 기둥이 떠받치는 숲 속
검은 고딕 나무가 자라서
연등천장의 내면이다
고딕 숲에서 내 목울대는 하늘거리는 풀처럼
검은색 너머 기웃기웃,
수사복 사내들의 뼈가
나무의 뼈라면
내 이야기의 시작은 주인공의 죽음/자살이다
누군가의 메마른 입술에서 나뭇잎이 꾸역꾸역 자랄 때
내 안에서도 밖에서도
열고 닫히는 새순 아가미들의 연쇄반응들,
숲을 떠다니는 부레族 나뭇잎을 만나도 놀랍지 않다
고딕 숲의 부력이 완성되었기 때문이다
어떤 관습들에서 열거되는 투니카와 쿠쿨라의
수도복 입은 발자국이 모여들겠다
오래된 불빛이 鬱鬱 침엽수를 밝히려 한다면
내 묵언은 천천히 닫아야 할 입이 너무 많다

하루

　여름 누비구름 한 주비,

　장항리사지 석탑 기단부에 기대어 마음껏 잠들다 기지개 펴던 짐승 따위라 생각했다만

　누비구름 펼치니 하늘가 식구들의 하루치 생활이라네

　토록 새끼가 혓바닥 쑥 내밀어 한 줌 백설기 공기를 혀로 맛보니 온통 콩켸팥켸

　느리 아비가 낼름 낚아채어 제 입속이 먼저 불룩하니 근처 각다귀 구름이 푸릉푸릉

　화초머리 어미가 부자지간을 타잡느라 풀치마를 들썩거리니 팔느락팔느락

　이번 여름도 지독히 덥겠구나

　시집 못 간 딸을 조참조참 따라다닐 새 누비구름 一家는 한껏 부풀어

　곧 소나기 채비를 차려야겠다

밀물 소식지

입김 같은 밀물 소식지를 받았습니다
물때란 게 일몰조차 설레게 합니다
사람을 찾는 尋人 파도가 있다면
밀물의 부고란에 내가 아는 나무나 풀의 이름들이 가끔 떠
내려옵니다
바다 밑의 늑골들이 잿빛이라는 흉흉한 소문도 있습니다
뒷면의 전면광고는 죄다 형광빛 閑麗인데
수천 조각 낭랑했던 역광들은
목이 쉬어 傷한 비늘 털고 야행성으로 누웠습니다
내 눈물의 외등은 해안선 따라 차례로 점멸합니다
돌아갈 곳 없다는 밀물의 울음,
네 쪽짜리 소식지를 흥건하게 채우는 밀물 드는 저녁입니다
물의 방죽 밑이 얼마나 허망한지 더듬다가
내처 밀물 허물어지는 느낌처럼 깜빡 풋잠 들었다가
아직 높고 어두운 물의 해발을 바라봅니다
텅 빈 것들의 무릎깍지마다 달이 돋고 있습니다
천문에도 밀물 들어 별자리들은 쏟아질 듯 돋을새김입니다
얼굴 모습 본뜬 밀물 같은 게 있기에
파도는
물때까지 사나운 무리 속에 뒤섞여버렸습니다

송재학

그가 내 얼굴을 만지네 외 14편

그가 내 얼굴을 만지네

그가 내 얼굴을 만지네
홑치마 같은 풋잠에 기대었는데
치자향이 水路를 따라왔네
그는 돌아올 수 있는 사람이 아니지만
무덤가 술패랭이 분홍색처럼
저녁의 입구를 휘파람으로 막아주네
결코 눈뜨지 마라
지금 한쪽마저 봉인되어 밝음과 어둠이 뒤섞이는 이 숲은
나비 떼 가득 찬 옛날이 틀림없으니
나비 날개의 무늬 따라간다네
햇빛이 세운 기둥의 숫자만큼 미리 등불이 걸리네
눈뜨면 여느 나비와 다름없이
그는 소리 내지 않고도 운다네
그가 내 얼굴을 만질 때
나는 새순과 닮아서 그에게 발돋움하네
때로 뾰루지처럼 때로 갯버들처럼

흰뺨검둥오리

그 새들은 흰 뺨이란 영혼을 가졌네
거미줄에 매달린 물방울에서 흰색까지 모두
이 늪지에선 흔하디흔한 맑음의 비유지만
또 흰색은 지느러미 달고 어디나 갸웃거리지
흰뺨검둥오리가 퍼들껑 물을 박차고 비상할 때
날개 소리는 내 몸속에서 먼저 들리네
검은 부리의 새 떼로 늪은 부화 중,
열 마리 스무 마리 흰뺨검둥오리가 날아오르면
날개의 눈부신 흰색만으로 늪은 홀가분해져서
장자를 읽지 않아도 새들은 십만 리쯤 치솟는다네
흰뺨검둥오리가 떠메고 가는 것이 이 늪을 포함해서
반쯤은 내 영혼이리라
지금 늪은 산산조각 나기 위해 팽팽한 거울,
수면은 그 모든 것에 일일이 구겨지다가 반듯해

소래 바다는

돌아가신 아버지를 소래포구의
난전에서 본다, 벌써 귀밑이 희끗한
늙은 사람과 젊은 새댁이 지나간다
아버지는 서른여덟에
위암으로 돌아가셨다 지난날
장사를 하느라 흥해와 일광을 돌아다니며 얻은
병이라 하지만 아버지는 언제부턴가
소래에 오고 싶어 하셨다
아니 소래의 두꺼운 시간과 마주한 뻘과 협궤 쪽에 기대어 산
새치가 많던 아버지, 바닷물이 밀려 나가는
일몰 끝에서 그이는 젊은 여자가 따르는
소주를 마신다, 그이의 손이 은밀히 보듬는
그 여자의 배추 살결이
소래 바다에 떠밀린다
내 낡은 구두 뒤축을 떠받치는 협궤 너머
아버지는 젊은 여자와 산다

산벚나무가 씻어낸다

다 팽개치고 넉장거리로 눕고 싶다면
꽃 핀 산벚나무의 솔개그늘로 가라
빗줄기가 먼저 꽂히겠지만
마음 구부리면 빈틈이 생기리라
어딘들 곱립든 군식구가 없겠니
그곳에도 두 가닥 기차 레일 같은 운명을 종일 햇빛이 달구
어내지
먼저 온 사람은 나무둥치에 파묻혀 편지를 읽는다
風磬이 소리 내는 건 산벚나무도 속삭일 수 있다네
달빛이나 바람이 도와주지만
올해 더욱 가난해진 산벚나무家

울어라 울어라, 꽃 핀 산벚나무가 씻어내는 아우성
봄비가 준비된 밤이다

의자를 기다리다

도덕경을 읽은 사춘기 이래 나는 의자를 기다려왔다
의자라는 모래, 의자라는 책의 예감
하루 종일 움푹 파인 그늘에서 책만 읽는 남자!

그러나 내 생애에는 미래가 다가오지 않으리라는 불길함이
먼저 의자에 앉아 있다
내가 의자가 아닐까라는 몹쓸 생각에 골몰한 것도 그때
가만히 보니 굽은 척추를 약간만 굽히면, 부러지기 쉽긴 하
지만 의자의 딱딱한 틀과 비슷하고
연골에 염증이 생겼지만 무릎에도 살이 조금 남아 있어서
한 사람의 사색을 부추기는 데 지장이 없을 듯하다
팔걸이가 필요하다면 내 위에 앉은 이를 가만히 포옹할 이
두 손
그가 쉬고 싶다면 파미르 고원의 파밭 냄새를 맡게 해줄 것
이다
만약 어둠이 그립다면 내 눈알을 파내고 안을 보게 하리라
이제 잠들다 깨어나면 나는 의자의 살과 뼈,
의자 속에서 성장하리라
하여 지금 내가 기다리는 건 이 색다른 의자에 앉을 속 깊은
사람
그가 읽는 도덕경에 가만히 귀 기울이면 그만일 삶

사물 A와 B

까마귀가 울지만 내가 울음을 듣는 것이 아니라 내 몸속의 날 것이 불평하며 오장육부를 이리저리 헤집다가 까마귀의 희로애락을 흉내 내는 것이다 까마귀를 닮은 동백숲도 내 몸속에 몇백 평쯤 널렸다 까마귀 무리가 바닷바람을 피해 붉은 은신처를 찾았다면

개울이 흘러 물소리가 들리는 게 아니다 내 몸에도 한없이 개울이 있다 몸이라는 지상의 슬픔이 먼저 눈물 글썽이며 몸 밖의 물소리와 합쳐지면서, 끊어지기 위해 팽팽해진 소리가 내 귀에 들어와 내 안의 모든 개울과 함께 머리부터 으깨어지며 드잡이질을 나누다가 급기야 포말로 부서지는 것이 콸콸콸 개울물 소리이다 몸속의 천 개쯤 되는 개울의 경사가 급할수록 신열 같은 소리는 드높아지고 안개 시정거리는 좁아진다 개울 물소리를 한 번도 보거나 들어보지 못한 사람에게 개울은 필사적으로 흐르지 않는다

平生

    월하리 은행나무가 이렇게 늙어도 매년 열매를 열 수 있었던 까닭을 노인은 개울이 그 은행나무 근처 흘렀던 탓이라고 전해주었다 개울의 수면을 통해 자신의 그림자와 맺어졌다는 이 고목의 동성애와 다름없는 한 평생이 은행의 다육성 악취와 함께 울컥 내 인후부에 머문 어느 하루! 누구라도 자신을 그대로 사랑할 수 없을 거다 한 시절의 화장한 자신을 사랑한다는 나르시시즘이 그렇게 뚱뚱해지거나 늙어가고 있다

풀잎

풀잎 앞에 쓰러져
울어준 것들만의 힘으로
풀잎이 초록은 아니다
풀잎이 가진 초록이란
일생을 달리고도 벗어날 수 없는
오랑캐 들판
그 넓이만큼 죽음이나 여름을 만난다
풀잎은 지는 해를 위해
수평선의 고요를 아꼈던 것
초록이 운명에 휩쓸릴 때
초록은 그곳까지 한달음에 도착하기도 한다
풀잎 속이라면
초록은 일제히 일어나야 할 때를 알고 있다

튤립에 물어보라

지금도 모차르트 때문에
튤립을 사는 사람이 있다
튤립, 어린 날 미술 시간에 처음 알았던 꽃
두근거림 대신 피어나던 꽃
튤립이 악보를 가진다면 모차르트이다
리아스식 해안 같은
내 사춘기는 그 꽃을 받았다
튤립은 등대처럼 직진하는 불을 켠다
둥근 불빛이 입을 지나 내 안에 들어왔다
몸 안의 긴 해안선에서 병이 시작되었다
사춘기는 그 외래종의 모가지를 꺾기도 했지만
내가 걷던 휘어진 길이
모차르트 더불어 구석구석 죄다 환했던 기억
……튤립에 물어보라

흰색과 분홍의 차이

　겨울 노루귀 안에 몇 개의 방이 준비되어 있음을 아는지 흰색은 햇빛을 따라간 질서이지만 그 무채색마저 분홍과의 망설임에 속한다 분홍은 흰색을 벗어나려는 격렬함이다 노루귀는 흰 꽃잎에 무거운 추를 달았던 것, 분홍이 아니라도 무엇인가 노루귀를 건드렸다면 노루귀는 몇 세대를 거듭해서 다른 꽃을 피웠을 것이다 더욱이 분홍이라니! 분홍은 病의 깊이, 분홍은 육체가 생기기 시작한 겨울 숲이 울고 있는 흔적, 분홍은 또 다른 감각에 도달하고픈 노루귀의 비밀이다

모래葬

    사막의 모래 파도는 연필 스케치풍이다 모래 파도는 자주 정지하여 제 흐느낌의 像을 바라본다 모래 파도는 빗살무늬 종종걸음으로 죽은 낙타를 매장한다 모래葬을 견디지 못하여 모래가 토해낸 주검은 모래 파도와 함께 떠다닌다 모래 파도는 음악은 아니지만 한 옥타브의 음역 전체를 빌려 사막의 목관을 채운다 바람은 귀가 없고 바람 소리 또한 귀 없이 들어야 한다 어떤 바람은 더 많은 바람이 필요하다 모래가 건조시키는 포르말린 뼈들은 작은 櫓처럼 길고 넓적하다 그 뼈들은 모래 속에서도 반음 높이 노를 저어 갔다 뼈들이 닿으려는 곳은 모래나 사람이 무릎으로 닿으려는 곳이다 고요조차 움직이지 못하면 뼈와 櫓는 증발한다 물기 없는 뼈들은 기화되면 이미 내 것이 아니다 너무 가벼워 사라지는 뼈들은,

늪의 內簡體를 얻다*

　너가 인편으로 붓틴 襟子에는 늪의 새녘만 챙긴 것이 아니
다 새털 미듭을 플자 믈 우에 누웠던 亢羅 하늘도 한 움큼, 되
새 떼들이 방금 붋고 간 발자곡도 구석에 꼭두서니로 염색되
어 잇다 수면의 믈거울을 걷어낸 襟子 솝은 흰 낟달이 아니라
도 문자향이더라 브람을 떠내자 수생의 초록이 눈엽처럼 하늘
거렷네 襟子와 미듭은 초록동색이라지만 초록은 순순히 결을
허락해 머구리밥 수이 너 과두체 內簡을 챙겼지 도근도근 미듭
도 안감도 대되 雲紋襟라 몇 점 구롬에 마ᄋᆞᆷ 적었구나 흐 소솜
에 游禽이 적신 믈방올들 내 손똥에 미ᄭᅳ러지길래 부르르 소
름 돋았다 그 만흔 고요의 눈써를 보니 너 담담한 줄 짐작하겠
다 빈 襟子는 다시 보닌다 아아 겨을 늪을 襟子로 싸서 인편으
로 받기엔 어룸이 너무 차겠지 向念

* 언니가 여동생에게 보내는 내간체의 느낌을 살리기 위해 남광우 《교학
고어사전》(교학사, 1997년)을 참고로 하여 고어 및 순우리말과 한자말 등을 취사
했다. 현대어로 풀이하면 다음과 같다.

　네가 인편으로 부친 보자기에는 늪의 동쪽만 챙긴 것이 아니다 새
털 매듭을 풀자 물 위에 누웠던 亢羅 하늘도 한 움큼, 되새 떼들이 방

금 밟고 간 발자국도 구석에 꼭두서니로 염색되어 있다 수면의 물거
울을 걷어낸 보자기 속은 흰 낮달이 아니라도 문자향이더라 바람을
떠내자 수생의 초록이 새순처럼 하늘거렸네 보자기와 매듭은 초록동
색이라지만 초록은 순순히 결을 허락해 개구리밥 사이 너 과두체 內
簡을 챙겼지 도근도근 매듭도 안감도 모두 雲紋褓라 몇 점 구름에 마
음 적었구나 삽시간에 游禽이 적신 물방울들 내 손등에 미끄러지기
에 부르르 소름 돋았다 그 많은 고요의 눈맵시를 보니 너 담담한 줄
짐작하겠다 빈 보자기는 다시 보낸다 아아 겨울 늪을 보자기로 싸서
인편으로 받기엔 얼음이 너무 차겠지 向念

지붕

버려둔 시골집의 안채가 결국 무너졌다 개망초가 기어이 웃자랐다 하지만 시멘트 기와는 한 장도 부서지지 않고 고스란히 폴싹 주저앉았다 고스란히라는 말을 펼치니 조용하고 커다랗다 새가 날개를 접은 품새이다 알을 품고 있다 서까래며 구들이며 삭신이 다치지 않게 새는 날개를 천천히 닫았겠다 상하진 않았겠다 먼지조차 조금 들썽거렸다 일몰이 깨금발로 지나갔다 새 집에 올라갈 아이처럼 다시 수줍어하는 기왓장들이다 저를 떠받쳤던 것들을 품고 있는 그 지붕 아래 곧 깨어날 새끼들의 수다 때문이 아니라도 눈이 시리다 금방 날개깃 터는 소리가 들리고 새 집은 두런거리겠다

절벽

절벽은 제 아랫도리를 본 적 없다
직벽이다
진달래 피어 몸이 가렵기는 했지만
한 번도 누군가를 안아본 적 없다
움켜쥘 수 없다
손 문드러진 天刑 직벽이기 때문이다
솔기 흔적만 본다면
한때 절벽도 반듯한 이목구비가 있었겠다
옆구리 흉터에 따리 튼 직립 폭포는
직벽을 프린트해서 빙폭을 세웠다
구름의 風磬을 달았던 휴식은 잠깐,
움직일 수도 없다
건너편 절벽 때문이다
더 가파른 직벽과의 싸움이 끝나지 않았기 때문이다

개울은 그렇게 셈해졌다

바투의 오체투지가 얼음장 개울을 만났다
그는 개울의 폭을 묵산한 뒤
여덟 번 오체투지하고
맨발로 개울을 건넜다
발목까지 젖었지만
바투는 물을 밟고 걸어간 것처럼 보였다
수면의 발자국을 남기려고 결빙이 시작되었다
개울은 그렇게 셈해졌다

| 수상 소감 |

내 속에 있는 소월의 흔적들

소월의 시들은 제가 자각하는 시의 처음이자 마지막이기도 합니다. 마찬가지로 그의 이름으로 말해지는 소월시문학상은 놀랍고 두려운 존재감이어서 무시로 등짝이 서늘하기만 합니다. 영혼이 얇은 내가 영혼이 깊은 물가에 물끄러미 서 있는 셈입니다.

| 문학적 자서전 |

정신과 육체를 정리해보다

1977년 지방 문단에 얼굴을 내밀고 1986년 중앙 문단에 정식으로 등단할 때까지 근 10년의 시간은 나에겐 고여 있던 세월이다. 잊을 수 없는 그 시간의 초침과 시침은 창槍의 아픔과 비슷했다. (…) 하루도 시를 생각하지 않고 살았던 날이 있었을까. 한 번도 스스로의 시로 황홀한 한나절이 있었을까.

내 속에 있는 소월의 흔적들

소월의 시들은 제가 자각하는 시의 처음이자 마지막이기도 합니다. 마찬가지로 그의 이름으로 말해지는 소월시문학상은 놀랍고 두려운 존재감이어서 무시로 등짝이 서늘하기만 합니다. 영혼이 얕은 내가 영혼이 깊은 물가에 물끄러미 서 있는 셈입니다.

송재학

졸렬한 제 시들을 25년 시력의 소월시문학상 반열에 올려주신 문학사상에 감사드리고 싶습니다. 또한 저 자신과 제 시 구석에 숨어 있던 소월의 희미한 서정을 찾아주신 심사위원 선생님들에게도 고마움을 느낍니다. 이후 제 약력의 꼬리말로 따라다닐 소월시문학상은 제 시에 주어진 상이라기보다는 시인의 운명을 택한 여정에 주어진 상이라는 예감을 가집니다. 또한 소월시문학상을 수상하면서 제가 우리 현대시의 가열함 속에 있다는 생각을 다시 하게 됩니다. 새롭게 세상을 해석하는 젊은 시인들의 낯설게 하는 감수성이 제 낡은 감수성을 늘 자극하거나 부추겼으며 또한 선배 시인들과 동년배의 줄기찬 열정이 식기 쉬운 제 열정에 입김을 넣어 부풀렸다는 사실이 그 증거입니다. 시가 곤혹스럽거나 혹은 시가 쓸쓸하거나 혹은 시라는 절망에 익숙해질 때 저의 비상구는 항상 다른 시인들의 언어였습니다. 시집 속 언어의 만연체 뼈들이야말로 제 시의 집을 세워준 기둥이었다고 생각합니다. 그렇다면 오늘 이 상을 받으면서 뼛속까지 시인이고픈 제가 짊어져야 할 빚이란 얼마나 무거운가 다시 허리춤을 추슬러봅니다.

70년대와 80년대에 걸쳐 힘겹게 등단한 저에게 문학은 무엇인가라는 의문과 내 시란 무엇인가라는 자책이 늘 겹으로 작용했습니다. 아직도 그 질문에 대한 해답을 준비하지 못했습니다. 하지만 그 의문과 자책에 대한 변명이라면 밤새워 속삭일 시작 노트가 있긴 합니다. 제한적이긴 하지만 제 시는 사물과 풍경에 대한 제 시선 혹은 사물과 풍경에서 되돌아온 어떤 시선일 거라는 시작 노트의 중얼거림을 부끄럽지만 되풀이해봅니다.

소월의 시를 저는 노래로 자주 만났습니다. 특히 60년대 대중작곡가 손석우의 〈초혼〉, 〈먼 후일〉 등을 저는 아주 맹렬하게 만났습니다. 김성옥이 절제되고 우아한 목소리로 부른 소월의 노래들은 제 소월 시의 이해이기도 합니다. 소월 시의 매혹이란 낯익은 언어와 그 언어로 빚어낸 리듬이라고 생각한 것도 그때입니다. 소월의 언어는 높낮이가 평이하고 단순하되, 그 말이 다시 간절하고 곡진하여 읽는 사람의 마음속에서 새롭게 재구성되는 놀라운 언어 체험입니다. 소월의 많은 시들이 노래로 자꾸 변주되는 것은 그 안의 리듬과 언어가 익숙하면서도 비범하기 때문이라고 확신합니다. 따라서 소월의 근대 시편들은 저에게 노래라는 몸의 감각으로 먼저 다가옵니다. 그때 근대라는 말은 용언을 제한해주는 수식언의 의미가 아니라, 그 말이 주어가 되는 자각의 의미로 사용하고 싶습니다. 소월의 시들은 제가 자각하는 시의 처음이자 마지막이기도 합니다. 마찬가지로 그의 이름으로 말해지는 소월시문학상은 놀랍고 두려운 존재감이어서 무시로 등짝이 서늘하기만 합니다. 영혼이 얕은 내가 영혼이 깊은 물가에 물끄러미 서 있는 셈입니다.

시를 통해서 저는 물활론자이자 정령주의자이면서 동시에 범신론자로 활동 중입니다. 지구라는 행성이 숨 쉬고 있다는 가이아 이론을 믿고, 기이와 현실이 겹쳐지는《삼국유사》의 현장을 기웃거리기도 하지만 결국 제 속셈은 모더니스트이고 외양은 감각과 긴장을 널리 말하고자 하는 사람입니다. 경주 남산의 불상을 조각한 석공들은 원래 그 돌 속에 있었던 불상을 둘러싼 돌만 떼어낸 것이라고 노래했던 시인의 지적처럼 제 시의 역할 역시 그처럼 사물의 녹을 벗기는 데 있다고 생각합니다. 사소한 역할이겠습니다만, 재주 없는 사람은 근면해야 하니, 보잘것없는 재주에 기대지 않고 근면하여 소월시문학상이 제 삶의 놀라운 축복이 되도록 정진하겠습니다.

정신과 육체를 정리해보다

1977년 지방 문단에 얼굴을 내밀고 1986년 중앙 문단에 정식으로 등단할 때까지 근 10년의 시간은 나에겐 고여 있던 세월이다. 잊을 수 없는 그 시간의 초침과 시침은 창槍의 아픔과 비슷했다. (…) 하루도 시를 생각하지 않고 살았던 날이 있었을까. 한 번도 스스로의 시로 황홀한 한나절이 있었을까.

송재학

0-0. 삼대목

《삼대목》 꿈을 꾸었다. 비몽사몽이다. 일본의 노래 4천5백여 수 《만엽집》은 있지만, 우리의 향가집 《삼대목》은 이름만 전해진다는 것은 시인으로서의 아픔이기도 하다. 꿈에서도 이게 꿈이 아닐까 저어했다. 한국전쟁 이전에 누군가 어디서 《삼대목》을 보았다는 희미한 이야기도 오래전에 들었다. 그 책이 일본의 어느 도서관에 있지 않을까라는 호사가들의 입방아에 귀가 솔깃해지는 것도 어쩔 수 없다. 면장갑을 끼고 책을 조심스럽게 열어 먼저 서문을 보았다. 고서의 먼지 냄새가 기쁜 건 향가집이기 때문이리라. 서문을 중얼거리며 읽은 기억은 지금도 또렷하다. 위홍과 대구화상이 왕명을 받아 노래를 모은 저

간의 사정이다. 어떻게 저잣거리를 다니고 어떻게 산과 들을 헤매며 어떻게 마을의 노래들을 찾아갔는지에 대한 세세한 이야기이다. 쉬운 한자들이어서 잘 읽힌다. 하지만 서문은 모두 《삼대목》에 대해 누구나 다 알고 있는 이야기이다. 본문의 수백 편 향가를 천천히 읽었는데 그게 향찰이어서 그냥 읽는 데만 급급했다. 그런데 내가 어떻게 해서 향찰을 읽을 수 있지, 그것도 의문스럽다. 꿈속에서도 꿈이란 걸 알았기에 깨어나서 메모지를 급하게 찾았지만 생각나는 건 겨우 한 편, 냇물에 비친 얼굴과 자신의 얼굴을 비교하는 내용이다. 며칠 내내 생각했지만 그 한 편 외에 전혀 생각나지 않았다. 어떤 탄식, 나는 《삼대목》을 놓쳤구나! 평생 써먹을 수 있는 시의 재료를 다시 꿈속으로 흘려보낸 것이구나.

0-1. 두꺼운 공책들

국민학교 3학년. 담임선생님이 두꺼운 공책 두 권을 주면서 무엇이든 적어보라 하셨다. 표지가 두껍고 종이가 부드러운 공책이었다. 어떻게 해서 시를 시작했는지는 아슴하지만 공책에 빽빽하게 채웠던 동시의 기억은 남아 있다. 너무 오래되어 상세한 전말기는 없다. 담임선생님은 가타부타 말씀이 없었다. 그리고 고등학교 때까지 나는 항상 문예반 소속이었다. 시인이 되겠다는 결정적인 계기는 아마도 향가를 읽기 시작한 고등 1학년 무렵이 아니었을까.

0-2. 큰아버지

고3 때 민음사판 《오늘의 시인총서》가 처음 등장했다. 김수영, 김춘수, 이성부, 정현종, 강은교의 시집을 사기 위해 나는 처음으로 큰아버지께 편지를 썼다. 장엄하고 황홀하고 아름답게 만연체의 문장으로 썼다. 제갈공명의 출사표를 베꼈지 않았을까. 출사표의 진정성이야말로 심금을 울리는 좋은 텍스트이다. 독서실과 참고서 핑계를 대고 나는 큰아버지로부터 돈을 받았다. 큰아버지는 오랫동안 그 편지를 자주 읽곤 하셨다고 들었다. 게다가 다른 사람에게 편지를 보여주면서 자주 조카의 재능을 말씀하셨다는 풍문도 들었다.

0-3. 먼저 향가였다

먼저 향가였다. 나를 문학의 원형인 괴로움으로 이끈 끈이 나의 가족사라면, 문학이란 적어도 아름다움이다라는 내 편애는 향가에 매달렸던 청소년기 탓이다. 고등 1년 여름방학, 히말라야시다나 버즘나무에서 한껏 울음 토하는 매미 소리와 함께 정음사판 도스토옙스키 전집을 마구잡이로, 시험 공부하듯 읽고 있을 때이다. 《죄와 벌》과 《악령》, 《백치》를 듬성듬성 읽어내면서 겨우 러시아 이름이 억지로 혀에 구를 때, 지은이도 모를 《향가해제》가 손에 들어왔다. 〈정읍사〉와 향가 및 고려가요의 원문과 해제가 함께 수록된 참고서에 가까운 책이었다. 그 당시 내 헌책방 순례는 시를 쓰고 싶다는 불가사의에 이끌린 무의식이었는데 그 순례 중에 뒷표지가 낡은 그 책이 손에 잡혔다. 두려움이었을까. 집에 와서도 나는 책을 펼치지 못했다. 만지면 부서지거나 넘기면 사라져버릴 환상의 나라에 발을 디딘다는 두려움 때문이었을까. 실제로 그 책은 푸석거리면서 귀퉁이가 슬며시 바스라지기도 했다.

무엇보다 나를 매혹시킨 것은 "ᄒᆞᄃᆞᆫ 가재 나고 가논 곧 모두 온뎌(같은 나뭇가지에 나고서도 너 가는 곳을 모르겠구나)"라는 〈제망매가〉의 한 구절이다. 책상 위 바람벽에 붙인 이 구절은 중년의 나이에 도착한 지금도 나를 어디론가 데불고 간다. 내 고등학교 시절은 향가를 공책에 천천히 옮겨 적던 시간이다. 악보 같은 후렴과 자꾸 읽히는 종결어미, 《삼국유사》의 14수 향가는 이후 내 글의 바탕이었다. 왜 그것들은 자꾸 나를 따라왔지? "눔 그스지 얼어두고"라는 〈서동요〉가 "남모르게 사귀어두고"란 현대적 해석에 이르기 전의 시공간, 즉 서동의 어린 시절에서 선화공주와 결혼에 이르는 시공간에 마음을 빼앗긴 것이 아닐까. 물론 "남모르게 사귀어두고"라는 풀이를 적으면 김빠진 현실로 되돌아온 듯하지만 "눔 그스지 얼어두고"라고 중얼거리면 탑과 옛길과 옛사람의 실루엣이 뒤따른다. 앞의 구절은 주위에서 일어날 수 있는 가능태이고 뒤의 고대어는 꿈속의 잠재태처럼 보여서 그 공간의 볼륨은 그야말로 한없이 부풀어간다. 향가를 통해 다가온 두 세계; 하나는 말의 아름다움, 다른 하나는 정서이다. 다행히 그 두 세계는 꽃의 색과 향기처럼 서로를 밀착시킨 통로가 있었고 일찍 나는 그 통로를 들락거렸던 셈이다. 향가를 배우고 익히면서 나는 수사에 대한 믿음을 가졌다. 아니, 수사의 칼날에 베여진 셈이다. 지금도 나는 모든 사물에서 어떤 방식으로라도 아름다움을 찾으려 한다.

1-1. 습작 시절, 재능을 먼저 탓하다

　누구나 그렇지만 시인이 된다면 수족쯤 없어도 괜찮으리라는 신들림이 있었고, 며칠 글에 파묻혀 글쓰기의 오만함이 재능에 대한 열패감과 함께 있었다. 지금인들 그렇지 아니하랴. 그리하여 원고를 보내고, 오만과 열패 때문에 다시 뜯어고쳐서, 발표되는 시와 시집의 시가 늘 다른 것은 그러한 소이다. 70년대 후반의 대학 예과 시절이 내 문학 열병의 절정기이다. 76년 2학기 등록금을 마련하던 중 돈이 모자라게 되자, 에이 잘됐구나, 핑곗거리가 생겼어, 스스로 위로하면서 휴학계를 내고 고향의 궁벽한 시골에 숨어버렸다. 그 등록금으로 1년을 버틸 작정으로, 먼 친척집으로 갔다. 친구에게 빌린 낚싯대와 사전과 시집 열 몇 권과 빈 공책 열 권이 가진 짐이었다. 참으로 한심스러운 이 문학청년은 집에는 알리지 않고, 문학으로 세상을 읽어보겠다는 꿈만 꾸었다. 출분이지 가출이 아니다! 라는 선언을 당당하게 남겨두었다. 아침에는 사전을 읽었다. 사전 표제어의 순우리말들, 언젠가 써먹어야 되겠다는 불순함에 체포된 말들이 공책으로 옮겨졌다. 점심 후에는 몇 시간의 낚시, 이 문학청년은 낚시 행위에 '관찰'이란 이름을 적어주고 끊임없이 주변을 둘러보았다. 어떤 날은 마음만을 관찰하고, 마음의 움직임이 얼마나 변화무쌍인지 다시 느끼고, 어떤 날은 붕어를 잡는 재미에 쏠려 문득 외로움을 느낀다. 어떤 날은 수면의 구름이 관찰에 붙잡힌 포로이다. 그리고 다시 시 열 편 베끼기. 김춘수와 김수영, 황동규와 정현종, 오규원과 고은의 시들이 매일 내가 베껴 먹던 양식이었다. 저녁을 먹고 이제 습작을 한다. 잠자기 전에 쓰는 일기는 화려한 만연체, 언젠가 공개될 것에 대비한 공들인 산문이었다. 그러한 일을 몇 년 견디면 시인이 되지 않겠느냐고 자문하면서, 외로움을 받아들였다. 근처 낮은 산을 돌아다니면서, 무엇을 보았는지 공책에 옮기는 일도 게을리하지 않았다. 그러나 그런다고 시인이 될 것인가. 아니, 시인 이전에 제대로 인간이나 될지, 스스로도 확신이 가지 않아서, 좋은 시와 내 시를 냉혹하게 비교하고 습작을 아궁이에 불태우는 일이 많아졌다. 불타는 시를 바라보면 눈이 매워서라도 어찌 눈물이 나오지 않으랴. 편모슬하의 장남인 내 형편으로 문학은 사치가 아닐까. 이곳에 오기 전 이미 두 동생은 나를 싸늘하게 바라보기 시작했고 어머니마저 문학을 장남의 취미로 이해하셨다. 그렇다, 보따리를 싸자. 다시 학교에 다니자. 문학은 나에게 버겁고 어두운 것. 내가 비록 어둠으로부터 나왔으나 살아가는 일이 먼저다. 하지만 보따리는 쉽게 싸지질 않았다. 이명耳鳴이 들렸다. 몇 권의 공책에 써 둔 습작시들이 나를 붙들거나, 내 문학 수업을 기꺼이 환송해 준 글친구들의 질책이 두려웠다. 무엇보다 문학 외에 내 재능이 다다른 곳은 어디란 말인가라는 질문에 숨이 막혔다. 다시 보따리를 풀고 확신 없는 일을, 스스로에 취해서 몇 달을 보냈다. 우선 내가 좋은 시라고 생각하던 시들을 제치고, 민음사에서 나온 《오늘의 시인총서》 시리즈를 모두 베끼기로 했다. 이틀쯤 공들이면 시집 한 권을 다 옮길 수 있었다. 그리고 사전을 읽는 작업도 더 꼼꼼하게 챙겼다. 밤에는 그날 베낀 시 중 가장 마음에 드는 시를 외우다가, 문득 공부가 너무 부족하구나 가슴을 때리는 서늘함에 전율했다. 아무리 사전을 읽어도 그것은 지식에 불과한 것이다. 아무리 시를 베껴보아도 체험 없는 이 문학청년에게 삶은 그 비밀의 속살을 제대로 보여주지 않았던 것. 아무리 생각을 해도 생각은 미로를 벗어나지 못하는 것. 어쩔 수 없이 다시 대구로 온 나는 시립 도서관에 박혔다. 그곳은 신간 서적은 없지만, 막 번역되어서 나오기 시작한 《한글대장경》이 있었다. 글친구 하나와 같이 매일 그곳에 들러 《금강경》, 《법화경》, 《화엄경》 속을 헤매다가, 저녁에 다시 그 친구와 같이 읽은 것을 이야기하는데 서로 바닥이 뻔하게 보여, 또는 서로 바닥을 뻔하게 보여주는 것이 싫어져서 한 달 남짓 버티다가 그 짓도 작파하고 도망치듯 다시 시골로 가버렸다. 구한말의 화가 허소치가 고종 앞에서 어명으로 그린 〈춘화도〉란, 외딴집의 섬돌 위에 그려진 남녀의 신발이란 이야기를 들은 것도 그때다. 그리고 아무것도 이루지 못하리라는 두려움 때문에 일찍 서리가 왔고 가을이 깊어졌다. 억지로 갈겨쓴 몇 편의 시를 《매일신문》의 신춘문예에 투고했다. 예정했던 1년이 아니라 5개월을 버틴 셈이다. 피 토하듯 시간을 보냈지만 피로와 허무의 늪을 무르팍으로 기어가듯 건너온 느낌이었다. 결국 내 재능은 문학이 아니라 문학의 향유에 지나지 않을 것이라는 예감이 다가왔다. 그리하여 쓸쓸한 1977년이 막을 내리려는데 정말 생각지 않게 신춘문예 당선 전보가 왔다. 친구인 이철희와 공동 입선이었다. 그것은 심한 아이러니가 아니었던가. 겨우 몇 개월의 용맹정진을 통해, 재능 없음을 깨닫고 막 문학을 포기하려는 자에게, 다시 문학 외에 매달릴 것이 무엇이겠느냐면서 등을 떠미는 그 신춘문예 전보는 비극일 뿐이다. 뮤즈는 나를 실험하고 있었던 것. 조금 더 두고 보겠다. 열심히 자기를 받들면 내 나라의 신민으로 받아들이겠지만, 싹수가 보이지 않으면 조금 떼어준 그 재능마저 몽땅 박탈하겠다는 의미가 아닌가. 웃기는 일이다. 누군가 곧 등단하리라는 소식이나 누군가 중앙지 신춘문예를 먹었다는 인터뷰 기사를 읽으며 더욱 자조적으로 될 무렵, 이미 자신의 재능을 박탈당했던 이 문학청년은 시를 읽거나 쓰지 않음으로써 뮤즈와 싸우고 있었다. 학교 생활도 엉망이었다. 그리고 몇 년이 훌쩍 지나갔다. 그 사이 힘겹게 대학을 졸업하여 궁벽한 시골에서 군복무를 했지만 시를 생각하면 창에 찔리거나 칼에 베이는 서늘함이 다가왔다. 마치 조선의 시인 차천로의 시에 나오는 "산하엔 외로운 그림자 없어졌지만/ 천지에 한 소리만 비장하더라"(《詠孤雁》)처럼 기러기 그림자/ 시는 사라졌지만 아직 내 귀에는 기러기의 구슬픈 울음/ 문학에 대한 아편 같은 열망은 떠나지 못하고 있는 것이다. 얼마나 많은 피를 흘리고 내가 다시 뮤즈의 문을 열어보았던가. 83년이 되어서야 문예지를 읽기 시작하고, 책들을 들췄다. 아마 나의 제대로 된 습작 시절은 그러니까 83년부터 《세계의문학》으로 재등단하기까지의 시간일 것이다.

1-2. 등단 무렵

1977년 지방 문단에 얼굴을 내밀고 1986년 중앙 문단에 정식으로 등단할 때까지 근 10년의 시간은 나에겐 고여 있던 세월이다. 잊을 수 없는 그 시간의 초침과 시침은 창槍의 아픔과 비슷했다. 초침이 아니면 시침의 창이 나를 찔렀다. 시침이라고 둔중하거나 느리다고 생각하지 마라. 시침의 소리까지 밤낮으로 생생하게 들리던 그 10년 동안 고요와 서늘함이 나를 늘 소스라치게 해주었다. 하루도 시를 생각하지 않고 살았던 날이 있었을까. 한 번도 스스로의 시로 황홀한 한나절이 있었을까. 1976년 대학을 휴학하고 시를 쓰고자 칩거했던 그 1년 동안 깨달은 것은 자신이 재능이 없다는 것, 문학의 창조자가 아니라 문학의 수용자에 불과하다는 것인데 1976년 겨울에 받은 신춘문예 전보가 나를 향해 다시 시작해보라고 유혹했다. 문학 공부를 통해 재능이 없다는 것을 깨닫자마자 다시 재능이 약간 있을지도 모르니 계속하라는 그 기막힌 아이러니! 그 운명을 벗어나는 데 10년이 걸린 셈이다. 부패하고 문드러져서 쉽사리 들끓던, 버려진 연못 바닥 같은 10년. 그 10년의 전반부는 대학 시절이고 후반부는 공중보건의로 보낸 군대 시절이다. 대학 다닐 무렵이야 마음만 먹으면 하루에도 시를 몇 편이고 쓸 수 있는 패기에 찬 때이기도 했다. 실제로 상금이나 신춘문예를 노려 며칠 동안 끙끙거리며 서너 편을 꿰매어 투고하곤 했다. 시에 대해 무모했으므로 한 번도 그러한 투고에서 성공하진 못했다. 등단의 꿈을 접은 것도 아니지만, 노력에 비해 성과는 아예 없었다. 생각해보면 모두 쓸모없는 수사와 쓸데없는 생각에 사로잡힌 결과이다. 쓸모없는 수사는 어떤 책이든 깊이 소화해내지 못한 내 무능력과 편견 탓이다. 무엇보다 바슐라르를 제대로 못 읽은 게 아프도록 아쉽다. 물론 바슐라르를 거치면서 나는 책 읽기의 게으름, 삶의 게으름을 이해하게 되었고, 게으름이란 발효하는 데 필요한 시간이라는 데 동의했다. 게으름이란 상상력의 또 다른 표현이기도 하다라는 구절을 의기양양하게 외우던 것이 기억난다. 벽난로의 불을 좋아하는 이 프랑스 철학자는 섬세하게 세상을 물과 흙과 바람과 공기로 나누었다. 시냇물이 물과 바람의 역동적 상상력으로 나뉘어진다! 내 눈빛이 갑자기 물활론자의 심안心眼

으로 바뀌었다. '바슐라르연구회'를 만들어 바슐라르를 읽는 소그룹에 나가면서 얼마나 많은 범신론자들이 있는지 확인했던 그 시절 그 당시의 노트를 뒤적거려보면 내 바슐라르 이해는 기껏해야 흙, 물, 공기, 불 등 4원소의 결합이라는 소박한 분석, 희랍인들의 사고에도 미치지 못하는 얇은 수준에 불과했다. 다시 말하여 물과 바람이 결합하면 파도가 치솟아 오른다는 단순한 상상력에 매달렸을 뿐이다. 바슐라르를 새로 읽어가노라면 그 당시 내 생각의 안팎이란 감성적 접근이었을 따름이다. 바슐라르는 감성이 아니라 서양철학의 바탕 위에서 논리적 접근이 뒷받침되어야 제대로 이해가 가능할 터이다. 또한 신화의 세계에 대한 풍부한 이해야말로 상상력과 현실의 결합이라는 그 독특한 세계관에 접근하는 필요조건이 아니겠는가.

바슐라르 못잖게 나에게 영향을 준 사람은 평론가 김현인데 이 역시 나는 그를 제대로 섭취하지 못했다. 김현의 말단에 매달려 김현이 이해한 시인의 세계에 내려가기보다는 그 미학에만 사로잡혔다. 바슐라르처럼 나는 김현을 아름다움의 교조로만 떠받든 것이다. 그로 인해 나의 시는 아직까지 수사의 급한 물살에 있다. 강조, 변화, 비유의 수사란 그 자체만으로 한 세계관이기도 하다. 그 수사와 덧붙여 내 시적 목표는 긴장이었다. 하지만 수사와 긴장의 연마에도 불구하고 나의 시는 많은 이들이 지적하듯 애매성의 공간이었다. 사람들은 명징한 논리와 현실인식을 찾는데 나의 글에는 그러한 부분이 곤충 날개처럼 얇았다.

2. 잡식성의 책 읽기

정음사와 을유문화사의 《세계문학전집》을 내 사춘기에 덧붙인다. 우선 나는 정음사와 을유문화사의 '세계문학전집 세대'이다. 녹색의 표지와 흑백으로 된 작가의 사진, 두꺼운 페이지, 이단 편집된 **빽빽한** 작은 활자는 다름 아닌 문학의 거대한 성채―거역하지 못하는 성性처럼 일일이 열어보아야 하는 문이 곳곳에 똬리 틀고 있는 세계. 어렵고 모호하고 자주 되돌아가야만 길을 찾을 수 있는 이성과 감성의 혼돈 세계―금방 상처와 감수성에 침윤하는 화살들. 다시 되풀이하여 그 목록을 보면 숨이 막히는 대가들인데 그때는 겁 없이 띄엄띄엄 혹은 건성으로 읽어갔을 뿐이다. 다시 시간이 주어진다면 그 방문과 창문을 꼼꼼하게 열어볼 것이다. 몰래 찢어서 접어 다니던 작가들의 흑백사진은 너무 또렷하게 각인되어 지금이라도 그들의 흰 머리칼과 검은 눈썹 아래의 시선과 꾹 다문 한 일―자의 입을 그대로 흉내 낼 수 있다. 그때는 언젠가 그들의 생각, 그들의 숨소리마저 흉내 낼 수 있을 듯했다. 《세계문학전집》은 언제까지 이어질 제국처럼 보였는데, 그 뒤로 전집을 구해서 읽은 적은 아주 드물었다. 따라서 제국의 왕처럼 전집을 통째로 쌓아놓고 혹은 베개를 해가며 혹은 촛불을 켜고 행복해하던 풍성한 문학의 나라는 이제 나의 앞날에 영영 존재하지 않는다.

민음사판 《오늘의 시인총서》는 1974년에 초판본이 나왔다. 500원짜리 시집 다섯 권―김수영, 김춘수, 이성부, 정현종, 강은교―을 사기 위해 가지도 않는 독서실 핑계를 대야 했다. 그 전까지 조악한 소월 시집이나 전집 말권에 더부살이 신세

였던 사화집으로 우리 시를 읽던 고3짜리는 그제서야 제대로
된 시집을 읽을 수 있었다. 입시를 앞둔 고3짜리가 읽고 베끼
면서 너덜너덜해진 그 시리즈는 고3으로 하여금 신춘문예에
투고하게 만들고, 결국 문학에의 비밀을 끊임없이 속삭여 있
지도 않은 재능을 있게끔 착각하게 만들고, 거품투성이 열정
을 키워주었다. 더욱이 그들은 《세계문학전집》의 두꺼운 감옥
에서 나를 탈옥시켜 이 땅에 낮은 포복을 시켜 사물— 그렇
다, 사물을 응시하도록 만들었다. 비로소 김수영과 강은교와
정현종을 읽게 된 고3짜리는 교과서 바깥의 시들을 읽기 시작
했다. 그 시리즈의 중요성은 시집을 문학 출판의 주요 장르로
만든 데도 있겠지만 문학청년들에게 체계적인 시의 계보를 개
설한 데 있다. 또한 시집 해설의 중요성을 정형화시켰다. 김수
영의 해설에 붙인 〈자유와 꿈〉은 김현의 글이고, 정현종 시집
해설은 김우창의 〈사물과 꿈〉이다. 김병익이 강은교를 가리켜
그녀의 허무는 안팎에 동서양이 동시에 차용되고 있다고 지적
하는 그 뛰어난 명문은 평론이 시와 다름없는 문학 영역이라
는 사실에 다름 아니다. 김종철과 염무웅, 유종호와 김주연
의 산문도 그 시리즈에서 처음 읽었다. 갑자기 들이닥친 수많
은 문학가의 숫자는 바로 고3짜리 예비 문학청년의 행복한
마음이었다. 《현대문학》이나 《시문학》을 뒤적이며 시의 정체
성에 헤매던 고3짜리가, 겨우 《신동아》에 연재하던 고은의 〈이
중섭평전〉을 읽고 문체에 감격하던 고3짜리가 새로운 지적 세
계, 정음사나 을유문화사의 전집과 전혀 다른 세계를 보았던
것이다. 그 전집의 세계란 얼마나 지루하고 무거웠던가. 롱샷
처럼, 강을 건너는 하염없음에만 카메라를 고정시킨 전집의

진지함은 진지함 외의 것은 돌보지 않는 외골수이지만, 민음
사 시집에서 드러나는 진지함은 때로 경멸과도 통했고 때로
우상이기도 했지만 때로 친근함이기도 했다. 민음사의 세계는
무겁지만 이 땅의 삶이란 진지함이 덧칠되어 있고, 무엇보다
경쾌함이 있고, 경쾌함은 어떤 방법으로도 신선했다.

　스무 살 무렵 만난 《문학과지성》과 《창작과비평》은 또 무엇
인가. 시인이 시리우스좌처럼 먼 별에 있지 않다는 것을 증거
해주는 상징으로서, 아니면 내 스무 살의 부랑처럼, 아니면 당
대의 현실로서, 아니면 그것은 또 무슨 뜨거운 쇳물이란 말인
가. 그 갈피에 새겨진 날짜들을 열거하면; 다방 입구의 그 흔
한 목조 계단에서 《문학과지성》과 《창작과비평》을 가진 젊은
이를 보면 동류항의 전율을 던져주던 책들, 시청 근처의 헌책
방을 뒤적여 결간호를 채우던 기쁨; 이청준의 〈조율사〉가 연
재될 때 그 구절들을 자주 인용하던 지적 허영심, 《문학과지
성》에 재수록된 빛나던 시와 소설, 김지하가 《창작과비평》에
실렸어, 등등이다. 《문학과지성》과 《창작과비평》은 시인의 꿈
을 가진 나에게 가장 아득하면서도 내 스무 살을 지탱해주는
가장 가까운 살붙이였다.

　그 시절, 모네의 수련과 자코메티를 만났다. 일본 화집을 건
식복사한 내 자코메티 화집은 모든 것을 살해하고 깎아버린
임제종의 또 다른 현현처럼 보인다. 그러고 보니 나는 격렬했
던 것과 마음을 주고받았다. 나의 서정이란 격렬함이 팽창하
여 폭발하는 것을 막는 갑옷이다. 긴장을 내 시의 지향점으로
삼았던 것도 이때이다.

　격렬함을 이야기하자면 저 아나키스트들을 등장시키지 않

을 수 없다. 고드윈과 막스 슈티르너와 바쿠닌과 프루동과 크로폿킨과 박열 그리고 하기락 선생이 내 독서 행장에 올려져 있다. 로자 룩셈부르크의 어록에는 자신과 자신의 상처를 혁명의 폭풍 아래 숨긴다는 고백이 있다. 논문밖에 남기지 않은 바쿠닌이 로자의 맥박 숫자에 가장 가까운 인물이다. "바쿠닌의 생애는 무엇보다 실패로 이어진다. 그는 다른 혁명가보다 훨씬 더 무의미한 계획과 가망이 없는 희망에 열중하였다"라는 조지 우드콕의 평가는 확실히 그를 매혹적인 인물로 만든다. 그렇다고 정의를 조국보다 더 상위의 가치로 앞세웠던 프루동을 읽지 않을 것인가. 《상호부조론》을 쓴 크로폿킨은 생물의 진화 및 인간 사회의 발달이 생존경쟁에 의해서만 이루어진다는 다윈주의자의 주장에 반대하고 동물학에서 나온 상호부조 개념을 생물 진화와 사회 발달에 있어서 가장 중요한 요소라고 파악한다. 그리고 《유일자와 그 소유》의 저자 막스 슈티르너. 베를린의 프리드리히 거리의 히펠 주점은 청년 헤겔파들이 헤겔의 학설을 토론하거나 격론을 벌이는 장소이다. 여기에 마르크스와 엥겔스도 종종 찾아왔다. 어느 날 헤겔 좌파의 아르놀트 루게와 베를린 그룹 간의 논쟁이 있었는데 이 광경을 엥겔스가 연필로 스케치한 것이 남아 있다. 그 구석에 소란과는 상관없이 고독한 한 사람이 모든 것을 방관하였다. 그가 슈티르너이다. 슈티르너의 급진적 내면성이 그를 에고이스트로 만들었을 것이다. 그들의 시선을 통해서, 나는 격렬함이 한 세계관이란 것을, 긴장이 삶의 진정성임을 일기에 적었다. 바쿠닌이 실패 속에 뛰어들어간 것도, 프루동이 지적 프로메테우스의 의미를 받아들인 것도 격렬함과 삶을 직렬 연결한

데 있다. 격렬함을 자연의 조화로 바라본 크로폿킨의 잠언은 놀랍다. "혁명—가속한 진화라 할 수 있는—은 진화가 보다 서서히 일어날 때와 마찬가지로 자연의 조화에 속한다."

그러나 돌이켜보면 내 책 읽기는 늘 주마간산이어서 어렵고 복잡한 것은 피해 갔으니, 마흔이 넘어도 내 생각이란 것을 정연하게 적을 수 없다. 시론詩論에 관해서라면 더욱 그렇다. 가볍고 쉬운 저잣거리 이야기에 자주 홀려 무협지와 추리소설과 SF소설을 즐겨 읽었거나 자연과학을 전공한 것을 핑계 삼아 잡식의 얇디얇은 책 읽기를 무한 반복했으니—나는 지금 아서 클라크의 《3001년 : 최후의 오디세이》가 출간되었다는 기사를 보고 그 책의 번역 출판을 기다리고 있다—그 또한 자승자박이다. 삶이 완전히 바뀌어야만 가능한 그러한 책 읽기, 예컨대 금곡사 요사채에서 최소한 한 계절만이라도 완전한 《금강경》 읽기를 해보고 싶다. 바람, 꽃, 구름의 의미를 따라가는 것과 같은 방향일 《금강경》 읽기는 내 마지막 책 읽기가 아닐까.

3. 마흔 살, 정신과 육체를 정리해보다

막 중년을 넘길 때 〈마흔 살〉이라는 시를 썼다. 이미 그때 몸은 옛날과 달리 자주 피곤을 느꼈다. 그 피곤이란 아마도 결핍에 대한 경고음이 아닐까. 무엇이 내 인생에 결핍되었거나 결핍되고 있거나 결핍되리라는 것. 어느 날 아침 사지에 닻을 내린 것 같은 무거움이 시작되면서 문득 중년이라는 자각이 왔다. 새치도 늘어났고 주름도 깊어졌다. 그때 내 화두란 정신과 육체 사이의 관계를 새로 설정하는 것이다. 육체란 겨우 정신을 담은 그릇이라고 생각했던 젊은 날에서 이제 육체와 정신이 서로 이음새 없는 같은 그릇임을 깨닫는다. 마치 뫼비우스의 띠처럼. 말하자면 정신은 육체의 연장이고 육체 또한 정신의 연장이라는, 정신과 육체는 서로 깍지 낀 사이라는 사실 말이다. 육체를 버선목처럼 뒤집으면 정신이고 정신을 뒤집으면 육체란 짐작까지 나는 나아갔다. "죽음이 그대들을 갈라놓기 전까지"란 관용어는 바로 정신과 육체와의 관계이다. 식은 국물 같은 떠먹기 쉬운 것을 찾는 나이. 이제 자신만이 자신을 바라보는 나이. 미나리아재비란 흔하디흔한 풀의 독성처럼 언젠가 다시 켜보려는 붉은 알전구를 마지막 열정으로 간직하는 나이. 누구를 기다리지도 않고 누군가 다가오지도 않는 마흔 살이라고 나는 시로 이미 써보았다. 하지만 열정이란 부풀려지기 마련이다.

얼마 후 생업을 마치면, 나는 오랫동안 가고픈 곳에 몇 달씩 기거할 요량을 하고 있다. 겨우 며칠씩 머물지 못했던 곳에의 갈증이 평생 나를 기다림 속에 머물게 했다. 이제까지 목록과 상상만으로 달렸던 그곳에서 무한정 머물면서 시를 쓰고 싶다. 부탄과 네팔의 호수, 티베트의 우정공로 중 어떤 산정, 천산북로 이녕 쪽 햇빛만 만나는 땅, 황하는 위로 하늘에 닿아 있고 그 발원지는 성숙해라고 했으니 성숙해와 어링호 쟈링호의 물결, 그리고 간다라의 탁실라 지역, 탈레스 강의 평원, 안데스 산맥의 바람 속에서도 몇 달 견디고 싶다. 카쉬카르 구시가지의 골목도 내 목록 중 하나이다. 그곳은 내 전생이거나 후생이라고 생각된다.

* 이 글은 산문집 《풍경의 비밀》에서 많은 부분 빌려왔다.

| 작품론 |

운동하는 풍경과 존재의 고고학

김수이(문학평론가/경희대 교수)

살아 있는 풍경의 육체는 송재학에 의해 발견됨으로써 비로소 자신의
살아 있음을 자각하고 세상에 모습을 드러낸다. 풍경의 육체와 송재학
의 시적 육체가 서로를 탐사하면서 자신의 과거와 현재와 미래까지를
발굴하는 과정, '살아 있는 풍경과 존재의 고고학'이라고 할 이 과정을
압착하면서 송재학의 시는 텍스트 위로 고요히 번져 나온다.

| 작가론 |

언어와 존재 사이 혹은 격렬함과 긴장에 대하여

이재복(문학평론가/한양대 교수)

시인이 풍경과 싸우는 것이 곧 소리와 이미지와의 싸움으로 이어지고,
다시 소리와 이미지와의 싸움이 풍경과의 싸움으로 이어지는 것이다.
'푸른빛과 싸운다'는 시인의 말이 가지는 의미의 중층성이 여기에 있
다고 할 수 있다.

운동하는 풍경과 존재의 고고학

살아 있는 풍경의 육체는 송재학에 의해 발견됨으로써 비로소 자신의 살아 있음을 자각하고 세상에 모습을 드러낸다. 풍경의 육체와 송재학의 시적 육체가 서로를 탐사하면서 자신의 과거와 현재와 미래까지를 발굴하는 과정, '살아 있는 풍경과 존재의 고고학'이라고 할 이 과정을 압착하면서 송재학의 시는 텍스트 위로 고요히 번져 나온다.

김수이(문학평론가/경희대 교수)

송재학은 풍경을 움직이는 힘을 지녔다. 풍경 역시 송재학을 움직이는 힘을 가졌다. 송재학과 세계−풍경이 부딪쳐 일어나는 시시각각의 움직임들은 송재학의 시를 형성하는 근원적인 에너지이다. 이 존재−세계−풍경의 운동 양상은, 국지전이 아닌 전면전이다. 특정 시공간의 것이 아닌, 수많은 시간과 공간이 누적된 범(凡) 차원의 것이다. 지금 여기의 시점으로 수렴되거나 소실되는 것이 아닌, 지금 여기로부터 다시금 시작하며 끝없이 펼쳐지는 것이다. 사물과 관념, 현상과 실재, 유물론과 형이상학 등의 경계를 허물며 미묘하고 독특한 사유와 운동이 탄생하는 계기는 이러하다.

송재학은 삶과 세계를 섣불리 대상화하는 주체의 투박한 시선을 경계하면서, 삶과 세계의 본질을 현시하는 데 몰입한다. 그가 어떤 풍경을 노래할 때 그 풍경은 저만치 바라보이는 것이 아니라, 존재의 살과 뼈와 내장으로 깊숙이 감각된다. 이 감각은 너무 깊고, 또 너무 깊은 것을 향한 것이어서 읽는 이로 하여금 실감實感과 무감無感을 동시에 경험하게 한다. 송재학의 시를 읽는 동안, "끝없이 내륙을 쓰다듬고 파헤치고 발기는 손발의 뼈 같은 것"(〈바다가 번진다〉, 《애지》, 2009. 겨울)이 실감되면서도 그 실감이 끝내 아련해 허전하였다면 송재학의 시를 제대로 읽어낸 증상을 체험한 것이다. 만일 처방이 필요하다면 다음과 같은 방법을 참조할 수 있다. "그가 내 얼굴을 만질 때/ 나는 새순과 닮아서 그에게 발돋움하네/때로 뾰루지처럼 때로 갯버들처럼"(〈그가 내 얼굴을 만지네〉, 《그가 내 얼굴을 만지네》, 민음사, 1997), "얼굴의 빈틈으로 내장이 밀려 나오기에/느티나무 그늘을 두텁게 발랐다"(〈나비 날개를 빌린 얼굴〉, 《애지》, 2009. 겨울), "내가 걷던 휘어진 길이/모차르트 더불어 구석구석 죄다 환했던 기억/……튤립에 물어보라"(〈튤립에 물어보라〉, 《그가 내 얼굴을 만지네》).

바꾸어 말하면, 송재학은 적절한 거리에서 풍경을 사유하거나, 풍경이 자신을 사유하도록 내맡기는 차원에 머물지 않는다.("풍경이 내 안에서 자신을 생각한다. 나는 풍경의 의식이다"라는 세잔느의 말을 떠올릴 수 있다. '풍경의 의식'이 된 존재/주체는 자신을 '풍경의 일부'로 규정하고 재구성한다.) 풍경을 자신의 감각과 욕망에 맞춰 흡수하거나, 자신을 지우고 풍경에 오롯이 동화되는 방향을 택하지도 않는다.(풍경을 감각과 욕망의 대상으로 삼거나 풍경의 무의식을 자처하는 존재는 풍경을 '자신(존재)의 잉여'로,

또는 자신을 '풍경의 잉여'로 규정하고 재구성한다.]

풍경의 일부도, 풍경의 잉여도 아닌 자립적인 존재 · 주체로서 송재학은 풍경과 동등한 지위와 활력을 갖는다. 풍경 역시 송재학에 대해 그러하다. 송재학은 풍경의 내부를 들여다보며 풍경의 아득한 역사를 읽어내고, 풍경의 장중하고 역동적인 서사를 취재하고 기록한다. 그러는 동안 풍경 역시 송재학의 삶과 내면을 읽어내고, 자신이 저장해온 존재의 본질에 관한 이야기를 들려준다. 송재학은 풍경이 장대한 역사와 서사의 지층 위에서 지금 여기에 현전함을, 끊임없이 운동하는 살아 있는 육체임을 증언한다. 그러는 동안 풍경 역시 송재학의 삶과 내면의 서사가 곧 그의 존재의 내용물임을, 풍경의 육체란 수많은 존재들의 전사前史가 고스란히 저장된 고고학적 장소임을 설파한다. 겨우 "어제 새겨진 물결"이 실은 "오래된 운명"이며, 눈앞에 보이는 "사막의 발자국을 기억하여 연결하면/사막을 최초로 날아다녔던 시조새의 뼈가 만져지"게 되는 비밀이 여기에 있다.

어제 새겨진 물결이지만 오래된 운명인 것은
내 뼛속을 거쳐 사막을 맴도는 바람이
제 앞날을 알기 위해 지우는 발자국이기 때문이다
새 역시 사막에서 떠돌기에
발자국의 길흉을 엿보는 중이다
바람 또한 발자국 없는 발자국을 남긴다고 적는다
사막의 발자국을 기억하여 연결하면
사막을 최초로 날아다녔던 시조새의 뼈가 만져진다

—〈사막의 발자국들〉부분(《문학사상》, 2009. 12)

송재학의 시에서 이미지의 중첩과 전이가 계속되는 것, 그리하여 송재학의 시가 이미지들의 현란한 연쇄로 유동적으로 구조화된 엔딩 없는 동영상動映像이 되는 것은 그것이 바로 존재들의 삶의 궤적이며 세계의 운동 원리이기 때문이다. 내 뼈, 내 뼛속을 거쳐 사막을 맴도는 바람, 사막을 떠도는 새의 발자국, 사막의 발자국, 사막을 최초로 날아다닌 시조새의 뼈, 바람의 발자국 없는 발자국 등은 서로가 서로를 반영하고 체화하면서, 그렇게 내면화된 타자들 및 타자들의 결속체인 자신을 또 다른 존재와 시공간에로 부지런히 실어 나르고 있다. 그러니 하나하나 "기억하여 연결하면" 지금 이곳에 불러오지 못할 것이 없는 것이다. 한자리에 가만히 서 있어도 가 닿지 못할 존재와 시공간이 없는 것이다. 이 기억-연결의 행위와 그에 수반되는 감각을 위해서 송재학의 시는 그토록 많은 예민한 동사와 형용사들을 필요로 하였다. 세계와 존재와 삶의 원리이자 현상으로서 송재학의 '풍경'이 의미하는 것, 그 풍경이 장대한 서사적 스케일을 가진 정황은 이와 같다.

살아 있는 풍경의 육체는 송재학에 의해 발견됨으로써 비로소 자신의 살아 있음을 자각하고 세상에 모습을 드러낸다. 풍경의 육체와 송재학의 시적 육체가 서로를 탐사하면서 자신의 과거와 현재와 미래까지를 발굴하는 과정, '살아 있는 풍경과 존재의 고고학'이라고 할 이 과정을 압착하면서 송재학의 시는 텍스트 위로 고요히 번져 나온다. 가령 공중은 텅 빈 상태로 다른 것에 물들고(〈공중〉,《문학동네》, 2009. 겨울), 바다는 귀 없고 눈 없고 입 뭉툭한 파도의 맨발로 내륙으로 번져가며(〈바다가 번진다〉), 수천, 수만 년의 시간은 불현듯 운집해 한 곳에서 유유히 섞이기도 한다(〈사막의 발자국들〉).

이토록 활력 넘치는 송재학의 풍경에는 우리 시가 형상화해 온 어떤 풍경보다도 깊은 적막이 드리워져 있다. 활력과 적막은 송재학의 시에서 같은 방향을 가리키면서 함께 증폭되거나, 어느 한쪽이 커지면 다른 한쪽도 커지는 형태로 "피붙이처럼 연대한다"(〈개〉,《그가 내 얼굴을 만지네》). 이 역설의 연대를 통해 송재학은 미동도 하지 않은 채 풍경과 자신(의 존재와 내면)을 움직일 수 있는 것이다. 풍경이 송재학과 모든 존재들에 대해 그러한 것처럼.

사실 풍경은 제 스스로의 활력으로 이미 움직이고 있었다. 풍경의 내부에서는 생명체와 사물들이 곳곳으로 번지고 물들고 파고들고 집어삼키는 등등의 갖가지 운동들이 쉼 없이 일어난다. 이처럼 감각적이면서도 감각만으로는 포착되지 않는 존재와 시간의 운동들을 감지하고 그 사이를 자유로이 주유周遊하는 육체에 대해 송재학은 이렇게 설명한다. "바람의 사이에는 틈이 있고 화살을 쏘는 마음이 틈을 먼저 지나갈 수 있는 눈썰미를 가져야 한다"(〈활〉). 이 순간 그는 자신이 소유하고 만들어온 시적 육체의 특성을 설명하고 있는 셈이 된다.

화살은 가슴을 꿰뚫고 내 등 뒤까지 화살촉을 내밀었다 그러고도 멈추지 못해 오늬는 오래 부르르 떨었다 마치 돌아온 長子처럼 편안하구나 화살은 쏜살로 달려왔지만 내 몸속에서부터 느리게 파고들었다 생이 끝난다는 절망감 대신 몸에 박힌 화살을 자세히 보았다 (…) 자 왈 대저 활과 화살에 법도가 있으니 들어보라 허공에 법도가 있다면 바람의 도가 있다 바람의 틈을 찾아 바람의 길을 깨달은 뒤 시위를 당기는 것이 화살의 법도이다 가끔 공기와 바람이 합쳐진 곳에서 화살은 머뭇거리지만 바람에 화살이 부딪쳤다면 그건 궁사라 할 수 없다 화살은 바람을 상하게 하지 않아야 한다 (…) 나를 관통한 저 화살은 공기와 공기 사이를 거쳐서 바람을 조금도 상하게 하지 않고 내 살과 뼈 사이를 관통했다 바람의 틈을 지난 것처럼 내 살과 뼈 사이를 가지런히 만졌다 내 육체를 조금도 상하지 않았던 것처럼 화살촉도 깨끗할 것이다 좋은 화살에 좋은 궁사이다 이젠 눈을 감아야겠다

　　　　　　　　　　　—〈활〉 부분(《문학청춘》, 2009. 가을)

　짐작건대 이 '화살'은 삶의 근원으로부터, 우리가 속한 세계 밖의 알 수 없는 곳으로부터 날아왔다. "쏜살로 달려"와 "내 몸속에서부터 느리게 파고드"는 '화살'은 삶과 죽음을 엄중히 가르는 대자연의 섭리를 상징한다. 돌이킬 수 없는 시간의 화살은 '나'의 존재를 꿰뚫으며 단 한 번의 삶을 마감하는 '나'의 감회가 폭발하는 지점에 꽂힌다. 화살은 '나'와 세계가 각기 운동하며 서로의 내부를 어루만지는 '방법론'과 '미학'에 대한 상징이기도 하다. 바람과 허공의 법도를 필사筆寫한 '화살의 법도'는 송재학이 풍경을 시로 빚어내고, 자신이 그 풍경에 혼융되는 방법과 미학을 의미한다. 화살이 "바람을 조금도 상하게 하지 않고 내 살과 뼈 사이를 관통하"며 "가지런히 만진" 것처럼, "내 육체를 조금도 상하지 않았"듯이 화살촉도 분

명 깨끗할 것처럼 시인과 풍경은 그렇게 서로를 통과하고 살아낸다. 송재학과 세계−풍경은 상대와 자신을 온전히 보전하며 함께 운동하고 상생하는 중에 있는 것이다. 송재학의 풍경이 방법론과 미학의 층위를 함께 내장하고 있음을 알게 하는 대목이다.

풍경의 고고학자이며, 풍경의 서사 작가이자 미적 필경사筆耕士인 송재학은 현대의 언술 양식을 초과하는 다양한 언어 장치를 소장하고 있다. 이 장치들의 구비 내력은 송재학이 서술하는 존재−세계−풍경이 한시적이거나 평면적인 것이 아닌, 기나긴 역사와 입체적 특성을 지닌 데서 비롯된다. 고대의 상형문자와 새점, 중세의 탁본(동일성의 언어), 고대 중국의 창힐이 새의 발자국에서 암시를 얻어 올챙이 모양으로 만들었다는 과두문자체의 내간(제도 밖의 여성의 언어), 나무로 만든 옛 편지인 목독木牘과 서간체(타자 지향의 언어), 조사弔詞(애도의 언어), 꽃을 문자로 번역한 화두花頭 문자(자연 그대로의 미적 언어), 모래로 씌어지는 글자(자연 그대로의 서사적 언어), 묵언(언어의 소멸) 등은 송재학이 동시대의 언어 제도의 테두리를 가볍게 벗어나 있음을 보여준다.

송재학은 이 여러 유형의 고아한 언어들을 위한 다양한 기법과 도구들도 보유하고 있다. "검은 음각"(〈비오는 거리를 종종걸음 치는 나 자신은 항상 서글픈 인생이다〉, 《얼음시집》, 문학과지성사, 1988), "느림에서 정지 사이의 돋을새김"(〈고요가 바꾼 것〉, 《그가 내 얼굴을 만지네》), "검은 고딕"(〈고딕 숲〉, 《실천문학》, 2009. 봄), 먹이 매끈하게 번져 나가는 "평사낙안의 발묵"법, 먹을 조금만 묻혀 물기가 적은 붓으로 그리는 "갈필渴筆", "추상파의 쥐수염 붓"(이상 〈공중〉), "물이 뚝뚝 묻어나는 부레옥잠 대궁"(〈濕拓〉, 《현대시학》, 2009. 10) 등이 그것이다. "물고기가 실어 나른 일만 개의 비늘"(〈바다가 번진다〉, 《애지》, 2009. 겨울)과 "일만 개의 나뭇잎과 일만 개의 너도꽃"(〈단풍잎들〉, 《시를 사랑하는 사람들》, 2009. 5 · 6)들을 생생하게 필사하고, 무량한 허공과 '사막의 敍事'(〈사막의 발자국들〉, 《문학사상》, 2009. 12)를 기술하기 위해서는 예외적인 언어와 기법과 도구들이 소용되었던 것이다.

송재학이 고대와 현대, 자연과 인간, 식물과 동물, 음각과 돋을새김 등의 갖가지 언어 양식과 기법을 아우르고 변주하는 것은 "허공을 실천"하는 "공중의 문명"이 사용하는 언어에 도달하기 위해서이다. 달만큼 오래된 유묵을 먹여서 달의 탁본을 뜨는 일, 그 달의 탁본을 새들의 긴 빨랫줄 항적에 넣어놓는 일(〈濕拓〉, 《현대시학》, 2009. 10)은 '공중의 문명'의 언어를 알아듣고 자신의 몸에 배어들게 하려는 송재학의 간절한 바람을 시사한다.

허공이라 생각했다 색이 없다고 믿었다 빈 곳에서 온 곤줄박이 한 마리 창가에 와서 앉았다 할딱거리고 있다 비 젖어 바들바들 떨고 있다 내 손바닥에 올려놓으니 허공이란 가끔 연약하구나 회색 깃털과 더불어 뒷목과 배는 갈색이다 검은 부리와 흰 뺨의 영혼이다 공중에서 묻혀온, 공중이 묻혀준 색깔이라 생각했다 깃털의 문양이 보호색이니까 그건 허공의 입김이라 생각했다 박새는 갈필을 따라 날아다니다가 내 창가에서 허공의 날숨을 내고 있다 허공의 색을 찾아보려면 새의 숫자를 셈하면 되겠다 허공은 아마도 추상파의 쥐수염 붓을 가졌을 것이다 일몰 무렵 평사낙안의 발묵이 번진다 짐작하자면 공중의 소리 一家들은 모든 새의 울음에 나누어 서식하고 있을 게다 공중이 텅 비어 보이는 것도 색 一家들이 모든 새의 깃털로 바빴기 때문이다 희고 바래긴 했지만 낮달도 渲染法을 기다리고 있지 않은가 공중이 비워지면서 허공을 실천 중이라면, 허공에는 우리가 갖추어야 할 것들이 있다 바람결 따라 허공 한 줌 움켜쥐자 내 손바닥을 칠갑하는 색깔들, 오늘 공중의 안감을 보고 만졌다 공중의 문명이란 곤줄박이의 개체 수이다 새점을 배워야겠다

―〈공중〉 전문(《문학동네》, 2009. 겨울)

공중의 문명은 가끔 연약한 허공의 속성, 텅 빈 허공의 색, 허공/공중의 소리, 허공/공중의 안감들이 모여 이룩되었다. 이 문명은 하늘에 사는 새들을 일원으로 거느린 공중의 생태계를 의미하지 않는다. 공중의 문명은 그 면면이 "모든 새들의 울음에 나누어 서식"하는 비가시적 형태의 실재의 세계에 속해 있다. "허공을 실천 중"인 '공중의 문명'은 송재학이 추구해온 존재와 세계의 근원으로서 '풍경', 즉 "불타는 집과 넓은 들을 지나와"(〈雪害 2〉, 《살레시오네 집》, 세계사, 1992) "죄의식의 녹슨 풍경"(〈親和〉, 《살레시오네 집》)을 품고 "이야기로 옮길 수 있는 풍경이 아닌" 풍경(〈피아노〉, 《푸른빛과 싸우다》, 문학과지성사, 1994)이 된 지나온 삶의 시간들을 관통하고 완결하는 풍경이다. 이 궁극의 풍경 혹은 풍경의 궁극은 송재학의 시가 겨냥하는 최후의 과녁인바, "일몰 무렵 평사낙안의 발묵이 번지"는

가운데 문득문득 텅 빈 실체를 드러낸다.

'공중의 문명'이 허공으로 돌아갈 운명의 존재들을 단위로 하는 것이라면, 그 운명을 일찌감치 간파한 자는 자신의 미래가 이미 누군가가 살아낸 과거임을 이해하게 된다. 예측과 발굴이 시간을 재구성하는 일의 단면들임을 수락하는 순간, 미래를 향한 점술(예를 들어 송재학이 배우려는 새점)과 과거를 향한 고고학은 동일한 역할을 수행한다. "1500년 전 열여섯 살 소녀의 왼쪽 금동 귀고리"에서 "열두 줄 가야 하늘의 속청"과 "허공으로 올라가는 아지랑이 발자국"(〈왼쪽 금동 귀고리〉, 《쿨투라》, 2009. 봄)을 보는 일이 그 예이다. 그러나 송재학의 고고학적 발굴이 진정 목표로 하는 것은 존재 깊숙한 곳의 "내출혈"(〈나비 날개를 빌린 얼굴〉)로 "피비린내"(〈붉은 아가미〉, 《문학사상》, 2009. 12) 가시지 않는 우리의 삶의 폐부이며 현장이다. 이 존재와 삶의 고고학자는 "때로 신음하고 울부짖는, 보이는 것마다 간음하고 질투하던 돌이킬 수 없던 정신의 은빛 몸이 우리를 관통했던 것"(〈밀양강〉, 《푸른빛과 싸우다》)을 기억하고 예감한다. "피를 흘리면서도 어둠이 편했던, / 나는 더 많은 얼굴이 필요했"으며 "내 얼굴은 불편한 퇴적층"이라는 것을(〈나비 날개를 빌린 얼굴〉), "모든 사람의 정신이 저 불탄 숲의 폐허를 거쳐왔을 것"(〈푸른빛과 싸우다 1〉, 《푸른빛》)이라는 사실을 세세히 기억하고 예감한다.

이런 맥락에서, 송재학이 일찍이 써놓은 "내 생애에는 미래가 다가오지 않으리라는 불길함"(〈의자를 기다린다〉)은 정당하면서도 정당하지 않은 것이 된다. 자신과 세계의 내부와 배후를 두루 탐사한 자는 이미 미래를 앞당겨 살고 있는 상황에 있기 때문이다. 송재학은 "주인공의 죽음/자살"로 시작된 자신의 이야기가 "고딕 숲의 부력"으로 완성되어 생명의 연쇄반응을 일으키는 것, 물과 달과 별자리들이 서로의 '울음'을 본뜬 "밀물 소식지"가 세상을 "흥건하게 채우는" 것을 통해 그가 노래해온 '풍경'의 오랜 미래를 그려 보인다.

> 내 이야기의 시작은 주인공의 죽음/자살이다
> 누군가의 메마른 입술에서 나뭇잎이 꾸역꾸역 자랄 때
> 내 안에서도 밖에서도
> 열고 닫히는 새순 아가미들의 연쇄반응들,
> 숲을 떠다니는 부레族 나뭇잎을 만나도 놀랍지 않다
> 고딕 숲의 부력이 완성되었기 때문이다
> ─〈고딕 숲〉 부분(《실천문학》, 2009. 봄)

> 돌아갈 곳 없다는 밀물의 울음,
> 네 쪽짜리 소식지를 흥건하게 채우는 밀물 드는 저녁입니다
> 물의 방죽 밑이 얼마나 허망한지 더듬다가
> 내처 밀물 허물어지는 느낌처럼 깜빡 풋잠 들었다가
> 아직 높고 어두운 물의 해발을 바라봅니다
> 텅 빈 것들의 무릎깍지마다 달이 돋고 있습니다
> 천문에도 밀물 들어 별자리들은 쏟아질 듯 돋을새김입니다
> ─〈밀물 소식지〉 부분(《현대시》, 2009. 8)

삶의 운동성으로 충만한 "고딕 숲의 부력"과 "쏟아질 듯한 별자리들의 돋을새김"은 현재 송재학이 지닌, "또 다른 감각에

도달하고픈"(〈흰색과 분홍의 차이〉, 《그가 내 얼굴을 만지네》) 열망과 그 열망의 힘으로 전개해나갈 "더 가파른 직벽과의 싸움"(〈절벽〉)을 미리 목도하게 한다. 지금까지 송재학의 시가 발굴해온 풍경들과 이미 한 몸을 이루고 있는 이 열망/싸움을 '예감'의 형태로 '기억'할 수 있는 것은 송재학이 우리에게 가르쳐준 '운동하는 존재−세계−풍경'의 사유의 덕택이다. 송재학의 시를 읽는 동안 압도적이면서도 아스라한 실감實感과 무감無感이, 고요하면서도 경쾌한 '부력'이 우리를 '돋을새김' 했음을, 여기 적어두어야 하리라.

언어와 존재 사이 혹은 격렬함과 긴장에 대하여

시인이 풍경과 싸우는 것이 곧 소리와 이미지와의 싸움으로 이어지고,
다시 소리와 이미지와의 싸움이 풍경과의 싸움으로 이어지는 것이다.
'푸른빛과 싸운다'는 시인의 말이 가지는 의미의 중층성이 여기에 있다
고 할 수 있다.

이재복(문학평론가/한양대 교수)

시인다움이란 무엇인가?

시인이 가장 시인다울 때가 언제일까? 이런 우문을 던지는
것은 우리 시단에 시인답지 않은 시인이 너무 많기 때문이다.
시가 한낱 개인의 욕구 충족이나 별스러운 취향이나 취미 정
도로 인식되면서 바야흐로 우리는 지금 시인 인플레이션 시대
를 살고 있다고 해도 과언이 아니다. 문학의 사회적인 역할이
나 영향력이 약화되면서 일반 대중으로부터 점점 공감의 영역
을 상실하고 있는 상황에서 시 혹은 시인의 인플레이션 현상
은 하나의 아이러니라고 할 수 있다. 어쩌면 그들은 이러한 상
황과는 상관없이 그들만의 신성하고 숭고한 시의 소도蘇塗를
꿈꾸고 있는지도 모른다.

진정한 시의 소도는 필요하다. 하지만 그것은 시가 사회와

일정한 긴장 관계를 유지할 때이다. 특히 사회가 부정성을 드러내거나 진정성을 상실했을 때 시의 소도는 그 존재 의의를 더한다고 할 수 있다. 이 사실은 시가 사회와 소통하고 사회적인 역할이나 영향력을 행사하기 위해서는 자기 신성성과 숭고성을 지니고 있어야 한다는 것을 의미한다. 만일 시가 이러한 신성성과 숭고성을 지니고 있지 못하다면 시는 더 이상 사회적인 역할이나 영향력을 행사할 수 없게 될 것이다. 이런 맥락에서 볼 때 지금 우리에게 필요한 것은 시와 시인의 양적인 팽창이 아니라 질적인 고양이라고 할 수 있다. 시와 시인이 사회로부터 외면받고 소외받는 이유를 시대적인 상황 탓으로만 돌리는 것은 사태의 본질을 제대로 꿰뚫어보지 못한 데서 비롯된 비극이다. 다시 우리는 시와 시인이 가장 시답고 시인다울 때가 언제인가에 대해 날 선 자기 성찰과 반성의 시간을 가져야 한다.

시인이 가장 시인다울 때는 다른 그 무엇보다도 그가 시에 대해서 고민할 때이다. 그렇다면 시에 대해 고민한다는 것은 무엇일까? 이 물음은 시가 어떻게 존재하는가? 하는 문제와 다른 것이 아니라고 본다. 사정이 이러하다면 이 물음은 필연적으로 언어의 문제로 귀결될 수밖에 없다. 언어 없이 시가 어떻게 존재할 수 있겠는가? 언어에 대한 자의식과 민감함이란 적어도 시인이라면 기본적으로 지니고 있어야 할 덕목이라고 할 수 있다. 하지만 이 말은 형식주의자들이 주장하듯이 시에서의 모든 것이 언어로 수렴된다는 것을 의미하는 것은 아니다. 진정으로 훌륭한 시는 언어와 언어 아닌 것 사이에 있다. 시의 언어를 구심적으로만 보는 것이 아니라 원심적으로도 보아야 하며, 자율적이고 자족적인 체계를 넘어 대화적인 체계로서 그것을 보아야 한다는 것이다.

시에서의 언어의 의미는 단선적이지 않다. 시에서의 언어가 존재의 집임에는 틀림없지만 그 존재는 실로 격렬함을 내재하고 있다는 것을 간과해서는 안 될 것이다. 언어는 어떤 존재를 드러내지만 그것은 언어 자체의 자족적인 세계를 넘어 외적 현실을 반영하고 또 굴절시켜 보여주기 때문에 격렬함과 긴장은 필수적이라고 할 수 있다. 언어의 구조는 외적 현실과 무관하게 순수한 체계를 지니고 있지 못하다. 시에서의 어떤 언어든지 그것은 반드시 외적 현실의 어떤 구조를 반영하거나 굴절시켜 보여줄 수밖에 없다. 시인이 어떤 사물을 시로 쓴다는 것은 사물을 언어화한다는 것이지만, 이때 언어의 구조는 사물의 구조와 무관한 것이 아니라 그것에 대한 발견과 탐색의 과정을 통해 이루어지는 것이다. 그렇다면 사물의 구조를 발견하고 탐색하는 주체는 누구일까? 언어일까? 언어가 시를 쓰고, 언어만이 시에 있다고 말하는 시인이 있지만 이것은 한마디로 궤변에 불과하다. 어떤 언어든 여기에는 반드시 주체가 있으며, 그것은 시인의 몸이라고 할 수 있다. 시인의 몸을 통하지 않고 형성되는 시의 언어는 어디에도 없다.

언어 혹은 풍경과 몸의 연대란 무엇인가?

시의 언어는 사물(외적 현실), 시인의 몸, 언어를 필요로 하며, 이 각각의 존재 사이의 격렬함과 긴장을 통해 탄생하는 것이다. 시의 이 기본적인 구도를 새삼스럽게 이야기하는 것은 시와 시인다움이 무엇인지를 말하기 위해서이기도 하지만 그것보다는 송재학 시인에 대해 말하고 싶어서이다. 그는 우리 시대의 어느 시인보다도 이 문제에 대해 깊은 자의식과 통찰을 보여준 시인다운 시인이다. 정작 시인은 자신이 보여준 자의식과 통찰의 정도를 가늠하지 못할 수도 있지만 우리는 그의 시편 어디에서나 그것을 발견할 수 있다. 시인 자신이 그것을 가늠하지 못할 수도 있다는 말은 사물(외적 현실), 시인의 몸, 언어의 과정을 지극히 당연한 것으로 받아들이고 여기에 대한 어떤 회의도 가지지 않은 그의 시에 대한 순수한 집념이 시편에 강하게 투영되어 있다는 것을 의미한다. 시인의 이러한 순수한 집념을 나는 '풍경과 몸의 연대'라는 말로 이야기한 적이 있다.

　송재학 시의 새로움은 몸에 있다. '시란 수많은 풍경과 내 몸의 연대'라고 그가 규정했을 때, 풍경과 몸의 연대는 하나의 폭력적인 결합에 의한 '낯설게 하기'를 충분히 감당해내고 있다. 다른 무엇과도 아닌 몸과 연대하기 때문에 풍경은 그 의미가 고정되지 않고 끊임없이 변주가 가능한 것이다. 몸은 단순히 생물학적인 의미로만 존재하지 않는다. 몸은 생리학적 · 심리학적 현상일 뿐만 아니라, 사유, 느낌, 욕구의 역동적 복합성이다. 사유, 느낌, 욕구의 역동적 복합성은 곧 우리 몸의 통일적 역동성을 가능하게 한다. 이러한 몸과 풍경이 만나면 풍경은 풍경으로만 존재할 수 없게 된다. 풍경은 상실과 보충을 통해 몸화될 수밖에 없다. 이것은 풍경이 이전의 시에서처럼 하나의 배경(선경후정先景後情)으로 기능한다거나 단순한 탐미나 완상의 대상이 된다는 것을 의미하는 것은 아니다. '풍경의 몸화'란 풍경이 몸과의 살아 있는 접촉을 통해 몸이 담고 있는 인간의 '내우주Endokosmos를 들추어내는 것'(탈은폐disclose)을 말한다. 우리는 몸을 실마리로 하여 인간우주Kosmos Anthropos의 구조, 즉 우리가 단지 우리 몸과의 살아 있는 접촉을 통해 체험하는 우리 몸적 조직의 무한 복합체인 내우주를 밝힐 수 있다. 이런 점에서 여기에서 말하는 인간의 '내우주'란 온갖 기운과 형상과 물질들이 서로 교차하고 충돌하면서 명멸을 거듭하는 그런 무한 실존의 장을 가리킨다고 할 수 있다. 따라서 이러한 인간의 '내우주'를 들추어내고 있는 풍경은 단일한 논리로 포착할 수 없는 복합성과 애매성, 그리고 맥락성과 시간성을 띨 수밖에 없다.

—졸고, 〈풍경과 몸의 연대—송재학론〉

《몸》, 하늘연못, 2002, 103쪽)

시인의 말이면서 나의 말이기도 한 풍경과 몸의 연대에서 우리가 주목해야 할 대목은 몸을 실마리로 하여 인간우주의 구조를 들추어낸다는 점이다. 여기에서 말하는 구조는 형식주의자들이나 구조주의자들의 그것과는 그 의미가 다르다. 여기에서 말하는 구조는 생성적이고 역동적인 그런 구조를 의미한다. 시인의 몸이 우주적인 구조를 지니고 있다면 풍경 역시 우주적인 구조를 지니고 있는 것이다. 이 사실은 시인이 풍경 속에서 자신의 몸의 구조를 발견하여 그것을 탈은폐disclose하는 것이 무엇보다도 중요하다는 것을 말해준다. 풍경 속에 은폐된 몸의 구조의 탈은폐는 관조나 감상을 통해서는 이루어질 수 없다. 이것이 가능하려면 둘 사이의 은밀한 내통이 있어야 한다. 시인의 몸이 풍경 속으로 뚫고 들어가야 하는 것이다. 풍경 속에 은폐된 몸의 구조와 시인의 몸의 구조가 서로 만날 때 비로소 구조의 실체가 드러나는 것이다.

그러나 풍경과 시인의 몸의 구조가 은밀한 내통을 통한 만남이 이루어진다고 해서 그것이 안정적이고 평온한 상태를 의미하는 것은 아니다. 이 둘의 만남에는 낯선 세계의 발견에서 오는 격렬함과 긴장이 뒤따를 수밖에 없다. 이 격렬함과 긴장은 기본적으로 시인의 몸이 우주적인 구조를 지니고 있다는 사실에서 기인한다. 우주적인 구조를 지닌 몸이란 모순이라든가 역설 같은 원리가 작동하고 있다는 것을 말해준다. 혼돈과 질서, 시작과 끝, 안과 밖, 중심과 주변, 보이는 것과 보이지 않는 것, 본질과 현상 등 서로 상대되는 것이 하나로 일치되거나 통합되는 존재의 양태를 드러낸다. 반대 일치라는 모순과 역설의 구조는 어느 한쪽으로의 종속이나 귀속 없이 끊임없는 변화와 생성을 속성으로 하기 때문에 그것을 안정적인 존재의 형태로 드러내는 일은 거의 불가능하다고 할 수 있다.

몸과 풍경의 연대는 이런 점에서 격렬함과 긴장을 동반할 수밖에 없다. 몸과 풍경의 연대가 이러하다면 그것과 연속선상에 놓인 언어와의 연대 역시 격렬함과 긴장을 동반할 수밖에 없다. 언어, 몸, 풍경 사이의 연대에는 어느 한 방향으로의 일방적인 흐름이 존재하는 것이 아니라 언어와 몸 사이, 몸과 풍경 사이를 넘나드는 어떤 흐름이 존재한다고 할 수 있다. 하지만 언어와 풍경 사이에는 어떤 직접적인 흐름도 존재할 수 없다. 언어는 어떤 경우에도 직접적으로 풍경을 지시하지 않는다. 언어는 몸을 매개로 풍경을 드러내거나 지시할 뿐이다.

언어와 풍경 사이의 연대란 각각의 형식이나 구조를 통해 그 것을 유추하는 정도에 머무는 것이 사실이다. 언어 직전까지, 다시 말하면 몸의 세계에서 풍경이라는 존재는 그 모습을 드러낼 수 있는 것이다.

하지만 이것이 곧 언어와 풍경 사이의 단절을 의미하는 것은 아니다. 언어는 몸을 매개로 풍경과 직접적이지는 않지만 그 흐름이 이어진다고 할 수 있다. 언어가 풍경과 놓이는 관계가 이러하기 때문에 풍경의 구조를 언어 구조 속으로 끌어들이는 것은 결코 쉬운 일이 아니다. 풍경의 구조 속에 은폐된 언어 구조를 발견하는 것이 시라고 하지만 둘 사이의 관계로 인해, 특히 시의 최종적인 존재의 형태인 언어를 통해 그것을 드러내는 일은 창조에 버금가는 재해석의 과정이 있어야 가능하다. 그것은 원천적으로 불가능한 일이기 때문에 언어 자체를 버려야 한다는 논리가 대두되는 것이다. 하지만 이 논리로는 아무것도 할 수 없다. 중요한 것은 언어 안에서 언어를 통해 풍경의 구조를 만들어내는 일이다. 시인은 몸을 매개로 드러나는 풍경을 탈은폐시키기 위해 소리와 이미지 같은 감각적인 것뿐만 아니라 구조와 같은 언어의 형상을 최대한 활용하기에 이른다.

뒤엉킨 긴장과 존재의 격렬함이란 무엇인가?

언어의 질료와 형상이 구비되었다 하더라도 풍경의 구조와 몸의 구조가 본질적으로 지니고 있는 존재의 격렬함과 복합적인 긴장을 어떻게 질료와 형상으로 구조화해내느냐가 여전히 문제로 남는다. 다만 시인이 풍경과 몸의 구조가 존재의 격렬함과 복합적인 긴장을 가지고 있다는 사실을 발견한 것과 그것을 다시 격렬하고 복합적인 긴장을 드러내는 언어의 질료와 형상으로 구조화해야 한다는 것을 발견한 것은 주목에 값한다고 할 수 있다. 이와 관련해서 시인은 긴장에 특히 관심을 보인다.

긴장은 시를 말하는 데 있어서 가장 중요한 덕목임에도 불구하고 긴장의 미학으로 시를 분석하는 경우는 드물다. 앨런 데이트의 조금 긴 주장을 들어보면, "(문예작품에서) 문자적 의미는 바깥세계로 향하는 것이고 비유적 의미는 작품 내부로 향하는 것이니까, 결국 밖과 안이라는 반대방향에서 서로 당기는 힘이 즉 긴장인 것이다. 좋은 작품에서 우리는 어떤 힘을 느끼는데, 그 힘은 바로 그러한 내포된 서로 반대되는 세력들의 밀고 당김에서 생긴다는 것이다." 이러한 긴장의 미학을 삶에 적용하면, 서로 반대 개념이란 상호 밀어냄이 아니라 상호 길항한다는 것! 길항이란 바로 상승의 역학적 상상력이다. 긴장이란 내용뿐 아니라 형식으로도 가능하다. 그 긴장의 뒤엉킴을 짧은, 격렬한 언어로 순식간에 모방하는 내 시의 방법론은 그야말로 한 방법론에 불과한 것이리라.

—송재학(《풍경의 비밀》, 랜덤하우스 코리아, 2006)

시인은 언어에서의 긴장을 말하면서 앨런 데이트의 안과 밖의 힘에 대한 이야기를 인용한다. 언어로 구조화된 하나의 텍스트에는 형식과 내용의 차원에서 안으로 향하는 힘과 밖으로 향하는 힘이 동시에 작용하면서 일정한 긴장을 불러일으키는

데 이것은 풍경의 구조의 뒤엉킴과 복잡함을 짧고 격렬한 언어로 순식간에 모방한 데서 비롯된 것이라고 할 수 있다. 시인이 언어로 구조화하는 것은 다른 그 무엇도 아닌 바로 이러한 긴장의 뒤엉킴이라는 사실은 여기에 풍경 혹은 풍경의 구조의 존재론적인 진실이 은폐되어 있기 때문이다. 풍경 속에 긴장의 뒤엉킴이 나타나는 것은 모순과 역설 같은 서로 반대되는 힘이 길항 작용을 일으킨다는 것을 의미한다.

이러한 긴장의 뒤엉킴을 시로 끌어들이기 위해 시인은 짧고 격렬한 언어를 순식간에 모방하는 방법을 쓴다. 시인의 방법이 어떤 효과를 창출하고 있는지는 그의 시편들을 구체적으로 살펴보면 알 수 있을 것이다. 하지만 그 효과는 긴장의 뒤엉킴과 짧고 격렬한 언어 사이의 관계를 유추해보는 것만으로도 어느 정도 알 수 있다. 긴장의 뒤엉킴은 내용과 형식이 질서화되기 전의 혼돈의 상태를 의미한다. 따라서 그 혼돈의 상태를 언어로 드러낼 때에는 그것을 온전히 표상할 수 있는 방법이 효과적이라고 할 수 있다. 혼돈의 상태에서는 정제되고 질서화된 균형 잡힌 언어보다는 울퉁불퉁하고 무질서화된 기우뚱한 언어가 더 효과적일 수밖에 없다. 그의 시에서 이러한 짧고 격렬한 언어에 대한 시적 태도를 잘 보여주는 것 중의 하나가 바로 빛이나 색에 대한 강한 자의식이다. 긴장의 뒤엉킴을 언어의 질료와 형상을 통해 드러낼 때 시인이 선택할 수 있는 방법이란 사실 그것을 소리나 이미지를 통해 구현하는 것이라고 할 수 있다. 언어의 차원에서 소리와 이미지란 시인이 발견한 풍경이나 풍경의 구조의 본질을 가장 잘 구현할 수 있는 질료와 형상을 지니고 있는 것이라고 할 수 있다. 소리와 관련해서

시인은,

조유인 시인의 〈금관〉이란 시를 보면 "실수로 들고 있던 유리잔을 떨어뜨린 적이 있습니다. 그때 유리잔은 바닥에 부딪치며 단 한 번의 파열음으로 산산조각이 나버렸지요. 소리가 빠져나간 유리잔, 그것은 꼭 혼이 빠져나간 몸뚱어리 같았습니다. 어쩌면 깨어지는 순간에 들린 바로 그 소리가 부서진 유리조각들을 그때까지 하나의 잔으로 꽉 붙잡고 있었던 것은 아닐까요?"라는 첫 행이 있어요. "어쩌면 깨어지는 순간에 들린 바로 그 소리가 부서진 유리조각들을 그때까지 하나의 잔으로 꽉 붙잡고 있었던 것은 아닐까요?"라는 인식, 하나의 인식에 도달하고 있는 감각의 힘이자 사물의 비밀이 바로 시의 비밀로 치환된 경우지요.

——송재학 · 윤성택 대담, 〈서정이란 격렬함이 팽창하여 폭발하기 직전의 불온함〉(《열린시학》, 2008. 여름호, 35쪽)

라고 말하고 있다. 시인은 소리를 사물의 본질로 인식하고 있다. 시인은 유리컵이라는 사물의 본질을 그것이 깨지는 순간, 다시 말하면 파열음을 내면서 깨지는 순간 발견하게 된다는 것이다. 사실 우리는 유리컵이라는 사물의 본질을 그것이 깨지기 전에는 제대로 알 수 없다. 유리잔의 깨질 때의 소리가 유리조각들을 하나의 잔으로 인식하게 하는 것이다. 이런 점에서 우리가 유리컵이라는 사물의 본질에 다가가기 위해서는 그 깨질 때의 소리를 구현해야 하는 것이다. 하지만 유리컵이 깨질 때 나는 소리가 중요한 것은 혹은 그것이 사물의 본질에 육박해 있다는 것은 단순히 소리 그 자체보다는 깨질 때의 파열음이 지니고 있는 짧고 격렬한 긴장 때문이라고 할 수 있다. 그것은 유리컵이 깨지는 순간 그것이 유지하고 있던 팽팽한 긴장이 비로소 그 모습을 드러냈기 때문이다. 시인이 긴장의 뒤엉킴을 통해 발견하려고 하는 언어가 짧고 격렬한 것이라면 이 유리컵이 깨지는 순간에 내는 소리야말로 거기에 육박해 있는 것이 아니고 무엇이겠는가. 만일 소리에 깊이가 있다면 그것은 바로 소리가 사물의 본질을 은폐하고 있기 때문이라고 할 수 있다.

소리에 대한 아주 민감한 시인의 자의식은 그대로 색에서도 드러난다. 시인에게 '색은 소리의 느낌'이고, '소리는 색의 느낌'(앞의 책, 25쪽)인 것이다. 소리와 색이 다른 것이 아니라 은폐된 사물의 본질을 표상한다는 점에서는 같다고 할 수 있다. 시인이 "김혜선의 가얏고 산조"에서 '희미한 푸른빛의 깊이'(〈푸른빛과 싸우다 2〉, 《푸른빛과 싸우다》, 문학과지성사, 1994, 16쪽)를 느낀 것은 이것을 잘 말해준다. 소리든 색 혹은 빛이든 이것들은 모두 시인에게 은폐된 사물의 본질을 표상하는 질료들이지만 유리잔이 깨지는 소리에서처럼 여기에는 짧고 격렬한 긴장이 내재해 있어야 한다. 소리에서처럼 시인은 색이나 빛에서도 그것을 강조하고 있다. 시인이 '푸른빛과 싸운다'라고 한 것이 바로 그것을 의미한다. 왜 시인은 푸른빛과 싸우는 것일까?

겨울 노루귀 안에 몇 개의 방이 준비되어 있음을 아는지 흰색은 햇빛을 따라간 질서이지만 그 무채색마저 분홍과의 망설

임에 속한다 분홍은 흰색을 벗어나려는 격렬함이다 노루귀는
흰 꽃잎에 무거운 추를 달았던 것, 분홍이 아니라도 무엇인가
노루귀를 건드렸다면 노루귀는 몇 세대를 거듭해서 다른 꽃을
피웠을 것이다 더욱이 분홍이라니! 분홍은 病의 깊이, 분홍은
육체가 생기기 시작한 겨울 숲이 울고 있는 흔적, 분홍은 또 다
른 감각에 도달하고픈 노루귀의 비밀이다

—〈흰색과 분홍의 차이〉 전문

《그가 내 얼굴을 만지네》, 민음사, 1997, 16쪽)

　색에 대한 민감한 자의식이 강하게 투영되어 있는 시이다.
시인은 분홍색의 존재성을 흥미롭게 이야기하고 있다. 시인은
분홍을 "흰색을 벗어나려는 격렬함"으로 본다. 이것은 분홍이
존재의 형상이나 형체를 표상한다는 것을 말한다. 그래서 분
홍을 "육체가 생기기 시작한 겨울 숲이 울고 있는 흔적"이라
고 한 것이다. 겨울 숲이 은폐하고 있는 풍경의 본질을 분홍으
로 나타낸 것이라고 할 때 여기에서의 분홍은 시인이 발견해
낸 이미지라고 할 수 있다. 하지만 분홍은 겨울 숲이 은폐하고
있는 풍경의 본질을 드러내는 이미지에 불과한 것이다. 풍경
이 바뀌면 이미지도 바뀔 수밖에 없다. 그때마다 시인은 그 풍
경의 본질을 발견해야 하고 그것을 이미지를 통해 구현해야
하는 것이다.

　그러나 풍경과 언어 사이에는 직접적인 연결 자체가 성립되
지 않기 때문에 이미지로 그것을 온전히 구현한다는 것은 한
계가 있다. 분홍이라는 이미지로 인해 풍경 혹은 풍경의 구조
는 드러나지만 그것이 온전한 것이 아니기 때문에 그 이미지

는 언제나 기우뚱할 수밖에 없다. 이로 인해 분홍은 "흰색을 벗어나려는 격렬함"과 '또 다른 감각에 도달하고픈 비밀'이라는 존재성을 지니고 있는 것이다. 시인은 풍경과도 싸워야 하지만 또한 소리와 이미지와도 싸워야 한다. 시인이 풍경과 싸우는 것이 곧 소리와 이미지와의 싸움으로 이어지고, 다시 소리와 이미지와의 싸움이 풍경과의 싸움으로 이어지는 것이다. '푸른빛과 싸운다'는 시인의 말이 가지는 의미의 중층성이 여기에 있다고 할 수 있다.

어떻게 소리 내지 않고도 울 수 있을까?

어쩌면 시인은 이렇게 풍경(사물이나 대상)과 몸과 언어라는 세계 속에서 늘 얽히고설킨 싸움을 수행할 수밖에 없는 운명을 지닌 그런 존재인지도 모른다. 풍경과 몸의 연대를 통한 격렬한 싸움도 힘겨운 것이지만 몸을 매개로 한 풍경의 본질을 언어로 구현하기 위한 싸움은 더욱 힘겨운 것이라고 할 수 있다. 시인이 지금까지 꿈꾸어온 것이 이 셋 사이의 연대라면 그의 시에서 이것은 어떻게 구체적으로 구현되고 있는 것일까? 그의 시 중에서 이것을 잘 보여주고 있는 시 중의 하나가 바로 〈그가 내 얼굴을 만지네〉이다.

그가 내 얼굴을 만지네
홑치마 같은 풋잠에 기대었는데
치자향이 水路를 따라왔네
그는 돌아올 수 있는 사람이 아니지만
무덤가 술패랭이 분홍색처럼

저녁의 입구를 휘파람으로 막아주네

결코 눈뜨지 마라

지금 한쪽마저 봉인되어 밝음과 어둠이 뒤섞이는 이 숲은

나비 떼 가득 찬 옛날이 틀림없으니

나비 날개의 무늬 따라간다네

햇빛이 세운 기둥의 숫자만큼 미리 등불이 걸리네

눈뜨면 여느 나비와 다름없이

그는 소리 내지 않고도 운다네

그가 내 얼굴을 만질 때

나는 새순과 닮아서 그에게 발돋움하네

때로 뾰루지처럼 때로 갯버들처럼

　　　　　　　—〈그가 내 얼굴을 만지네〉 전문(앞의 책, 11쪽)

　이 시는 풍경 혹은 사물로서 존재하는 '그'를 시인이 몸을 통해 언어화된 현실 속으로 불러내는 과정을 아름답게 그리고 있다. 그는 '돌아올 수 없는 사람'이다. 그 사람의 존재를 시인은 몸으로 느낀다. 그 느낌은 시인의 몸에 감각의 흔적을 남긴다. 시인의 몸속으로 스며든 '치자향의 水路', "술패랭이 분홍색", "휘파람"이 바로 그것이다. 이 감각들은 시인의 몸속으로 스며들어 최종적으로 '그가 내 얼굴을 만짐'으로써 완성된다. 이 과정에서 코, 눈, 입, 피부라는 빈틈과 그것이 만들어내는 후각, 시각, 청각, 촉각 등 이미지 사이의 상호 침투와 겹침, 그리고 과거와 현재, 빛과 그림자, 의식과 무의식 등의 시공간적인 복합성과 같은 격렬한 흐름들이 언어를 통해 형상화된다. 하나의 사물 혹은 풍경으로 존재하는 '그'라는 대상을

몸을 매개로 하여 다시 언어의 소리와 이미지로 구현하는 과정이 자연스럽게 이어지고 있지만 사실 이것이 결코 쉬운 일은 아니다.

그러나 이 시에서 우리가 주목해야 할 것은 이것만은 아니다. 시인의 최근 시 세계와 관련해서 내가 주목한 것은 "그는 소리 내지 않고도 운다네"라는 대목이다. 이 역설이야말로 가장 격렬한 존재의 모습이라고 할 수 있다. '그'라는 대상을 통해 소리 없음이 가장 격렬한 존재의 모습이라는 사실을 깨달았다는 것은 곧 그의 언어가 이러한 모습을 지니게 된다는 것을 말해준다. 소리 내지 않고도 더 많은 소리를 낼 수 있는 세계에 대한 발견과 탐색은 그의 시의 흐름을 새롭게 변모시킬 것이다. 이와 관련해서 시인은,

결국 제가 원하는 것은 단순함이라는 것을 점차 세월과 함께 느낍니다. 최근 제 음악은 스트레오 엘피에서 모노 엘피로 다시 축음기의 에스피 음반으로 이동했습니다. 전기적인 소리가 최소한인 축음기의 음악이 가장 매혹적이더군요. 예전에는 스테레오로 된 오디오로 엘피를 들을 때는 섬세한 소리를 좋아했는데 그런 소리를 듣다가 모노의 두툼한 음역으로 가게 되었고, 다시 작년 여름부터 축음기를 듣기 시작했습니다. 축음기로 음악을 들어보면, 엘피의 스테레오 소리는 당의정을 입힌 소리예요. 모노로 오면 단맛이 거의 사라진 정보량이 엄청난 음역입니다. 그리고 축음기로 오면 첨가된 것 없이 단순한 소리가 되죠. 점점 단순해지며 자연에 가까운 소리가 되는 거죠. 아마도 제 음악은 축음기와 모노 앰프와 모노 스피커로 이루어

지지 않을까 생각합니다. 결국 제 시도 그렇게 움직이지 않을
까 생각을 해봅니다.

—송재학 · 이재복 대담, 〈풍경과 한 몸이 되는 시인〉,

(《시를 사랑하는 사람들》, 2010. 3–4월호, 42쪽)

라고 말하고 있다. 결국 소리 내지 않고도 운다는 역설의 세계
가 '첨가된 것 없는 단순한 소리'에 대한 희구라는 것을 알 수
있다. 소리에서 '전기적인 소리를 배제한다는 것' 혹은 '당의
정을 입힌 스테레오 소리를 배제한다는 것'은 곧 그가 지금까
지 견지해온 풍경, 몸, 언어를 통한 존재의 본질에 한 발짝 더
가까이 다가가고 싶다는 것을 역설적으로 표현한 것에 다름
아니다. 시인이 이런 생각을 하게 된 것은 역시 풍경에 있다.
여기에서의 풍경은 바로 '자연'이다. 시인은 점점 단순해지며
자연에 가까운 소리를 내고 싶은 것이다. 자연이야말로 소리
내지 않고도 우는, 언제나 모노 상태로 존재하는 것 같지만 기
실은 그 안에 격렬함과 긴장의 소리를 어떤 존재보다도 더 많
이 내재하고 있는 그런 풍경이라고 할 수 있다. 전기적인 소리
와 스테레오 소리로 가득한 시대에 단순한 무음의 소리를 통
해 그가 어떤 미적인 충격과 매혹을 우리에게 보여줄지 자못
기다려진다.

이재무
웃음의 배후 외

1958년 충남 부여 출생.
한남대 국문학과와 동국대 국문학과 대학원 졸업.
1983년 《삶의문학》 《실천문학》 《문학과사회》 등에 시를 발표하면서 등단.
시집 《섣달 그믐》 《온다던 사람 오지 않고》 《벌초》 《몸에 피는 꽃》 《시간의 그물》
《위대한 식사》 《푸른 고집》 《저녁 6시》 《오래된 농담》, 산문집 《생의 변방에서》 《우리
시대의 시인 신경림을 찾아서》(공저) 《사람들 사이에 꽃이 핀다면》 등.
난고문학상, 편운문학상, 윤동주시상 수상.

웃음의 배후

웃음의 배후가 나를 웃게 만든다
자꾸 웃음이 나온다
밥 먹으면서 웃고 길 걸으면서 웃는다
앉아서 웃고 서서 웃고 누워서 웃는다
수업하다가 웃고 차 타면서 웃는다
잠자다 깨어 웃고
소리 내어 웃고 소리 죽여 웃는다
누가 보거나 말거나
몸에 난 사만팔천 개의 구멍을 열고
비어져 나오는 웃음의 가래떡
찡그리면서 웃고 이죽거리며 웃는다
웃는 내가 바보 같아 웃고
웃는 내가 한심해서 웃는다
이렇게 언제나 나는 가련한 놈
웃다가 웃다가 생활의 목에
웃음의 가시가 박힐 것이다

백지의 공포 앞에서 볼펜이 웃고
웃음의 인플루엔자에 전염된
꽃들이 웃고 새들이 웃고
애완견과 밤 고양이가 웃고

가로수가 웃고 도로가 웃고 육교가 웃고
지하철이 웃고 버스가 웃고 거리의
간판들이 웃고 티브이, 컴퓨터가 웃고
핸드폰, 다리미, 냉장고, 식탁,
강물, 들녘이 웃고 산과 하늘이 웃는다
동심원을 그리며 번져가는
웃음의 장판무늬들
그러다가 돌연 사방팔방 안팎에서
떼 지어 몰려와
두부 같은 삶 물었다 뱉는,

가공할 웃음의 저 허연 이빨들
웃음의 감옥에 갇혀 엉엉 웃는다
그 언제나 즐겁고 신나는
옛날 같은 새날이 와
눈치 보지 않고
눈물 콧물 흘리며 실컷 웃을 수 있을까

수직에 대하여

수평은 수직이 만든 것이다

산의 수직 하늘의 수평을
해저의 수직 바다의 수평을
기둥의 수직 천장의 수평을
언덕의 수직 강물의 수평을
꽃대의 수직 꽃의 수평을

동이에 가득 담긴 물
이고 가는 그대의,
출렁출렁 넘칠 듯 아슬아슬한
사랑의 수평도
마음속 벼랑이 이룬 것이다

수직의 고독이 없다면
수평의 고요도 없을 것이다

눈

찬비에 젖는 비석처럼 냉정하게 세계를 바라보는 눈

비 다녀간 호수처럼 불어난 생의 슬픔을 글썽대는 눈

풍경 담근 호수처럼 깊어지는 눈

사금파리로 창 긁는 소리 연신 뱉어내는 연인의 눈빛 앞에서 바람 만난 촛불로 일렁대는 눈

믿는 도끼에 발등 찍히고 숯불처럼 맹렬하게 적의로 불타는 눈

잘 익은 여자의 관능 게걸스럽게 훔쳐 먹으며 검불 삼킨 듯 붉게 충혈되는 눈

혀보다 먼저 음식에 손을 대는 눈

정당한 권위 앞에서 머루 알처럼 순해지는 눈

거짓말 애써 감추려 커서처럼 깜박거리는 눈

들킨 비밀로 놀라 동자를 지우고 눈 밖으로 흘러나올 듯 흰 자위가 번지는 눈

맛보고 소리 내고 냄새 맡고 느끼는 눈

이 능청맞고 뻔뻔하고 사악하고 변덕스럽고 천연덕스러운데다 깊고 솔직하고 겸손하고 자애롭기까지 한 눈 감고 잠을 청하는 밤,

망막 속으로 외화의 자막처럼 숨 가쁘게 지내온 하루가 지나가고 있다

火口 앞에서

배화교도 되어 타오르는 불 숭배한 적 있다

주황빛 속에 청색의 손 적시며 축축한 생각

꼬들꼬들 말리다 보면 영혼의 동굴 안쪽에까지

비단실 같은 빛 새어 들어오곤 하였다

온갖 잡념의 비린 생선 던질 때마다

불은 고양이의 혀 되어 날름 삼키곤 했다

생의 궁극은 완전한 소진에 있는 것

화구 앞에서 생의 완주에 대해 생각했다

그러나 나는 씨름 기술이 부족한 사람

번번이 생활의 샅바 놓쳐 허둥지둥 나가떨어지기 일쑤였지만

아직 시간의 끈 놓아서는 안 된다

타다 만 흔적처럼 추한 것 어디 있으랴

불 속에 덜 마른 아집의 생목 한 짐 던져 넣으니

검붉은 손톱 불쑥 나타나 눈 찌르고 얼굴 할퀸다

불의 지청구 달게 받은 뒤

자세를 고쳐 앉아 젖은 신발 벗어 말린다

단풍

목 놓아 펑펑 울려고

시간의 터널 무심하게 걸어왔다

초록의 지친 나날들

붉은 추억으로 남은 여자들

어깨 들썩이며 신명나게

울음의 잔치 벌이고 있다

눈치코치 보지 않고

안으로, 안으로 고이 쟁여온

울음 꾸러미 꾸역꾸역 꺼내놓은 뒤

명태처럼 잘 마른 몸

또, 한기 속으로 밀어 넣는 여인들

한 보름 가을을 활활 울어서

닦아놓은 놋주발인 양

저리 반짝, 하늘도 황홀하게 윤이 난다

등나무 벤치

등나무 벤치에 앉아 시들어가는 초가을
저녁 해 바라다본다 산에서 흘러 내려온
그늘 발등 위로 출렁, 출렁거린다
서른 해 전 병든 노모 두고 입소해야 한다고
느타리버섯처럼 쓸쓸히 웃던 친구는
끝내 캠퍼스로 돌아오지 못했다
나란히 앉아 서로의 등과 어깨 말없이
두들겨주었던 그 자리엔 새 주인들이
눈부신 얼굴로 앉아 MP3 귀에 꽂고
어깨 흔들며 발장단 치고 있다 세상은
의지와는 상관없이 요동치며 흘러갔지만
연연해하거나 노하지 않기로 한다
철없는 시간 긍정하고 아껴주어야 한다
그사이 연륜 밴 줄기와 가지
그늘의 평수도 훨씬 더 넓어지고 깊어졌다
저 적막의 차일 속으로 얼마나
많은, 부은 마음들 다녀갔을 것인가
먼 곳에서 천둥처럼 들려오던 각혈의
기침 소리로 울컥, 생목 가래톳 돋던
무수한 밤들 뒤로 저렇듯 오늘의 벤치는
몰라보게 환해진 것 아니냐

방언 같은 말들 평풍처럼 주고받으며
마냥 즐거워하는 저 푸른 생활 속에도
언어 바깥의 내막들은 잠복해 있을 것이다
등나무 벤치에 앉아, 시들어가는 초가을
저녁 해 따라 등짐 내려놓고
홀가분하게 걸어가는 훗날의
나를 물끄러미 바라다본다

참새들

새벽 공원 산책길에서 참새 무리를 만나다
저들은 떼 지어 다니면서 대오 짓지 않고
따로 놀며 생업에 분주하다
스타카토 놀이 속에 노동이 있다
저, 경쾌한 유랑의 족속들은
농업 부족의 일원으로 살았던
텃새 시절 기억이나 하고 있을까
가는 발목 튀는 공처럼 맨땅 뛰어다니며
금세 휘발되는 음표 통통통 마구 찍어대는
저 가볍고 날렵한 동작들은
잠 다 빠져나가지 못한 부은 몸을,
순간 들것이 되어 가볍게 들어 올린다
수다의 꽃 피우며 검은 부리로 쉴 새 없이
일용할 양식 쪼아대는,
근면한 황족의 회백과 다갈색 빛깔 속에는
푸른 피가 유전하고 있을 것이다
새벽 공원 산책길에서 만난,
발랄 상쾌한, 살림 어질고 환하고 눈부시다

버림받은 자

—그는 소음으로부터 고립되고 침묵으로부터도 고립되어 있다.

그는 버림받은 자인 것이다. (막스 피카르트의 《침묵의 세계》에서)

그는 버릇처럼 핸드폰 액정 화면 들여다본다

문자 한 통 날아오지 않는다

메일엔 스팸 가득 차 있고

누구도 그를 호출하지 않는다

살뜰히 살림을 살고 블랙커피를 타면

벌써, 모퉁이 돌아가고 있는 오전의 뒤통수가 보인다

은행과 관공서와 시장 다녀와

죽은 지 오래되었으나

화분 떠나지 못한 화초와 나란히 서서

베란다 밖 질주하는 차량들에 눈 팔다 보면

불쑥, 불순한 충동 치밀어 오른다

세계의 소음으로부터 고립되었다, 그는

우리에 갇힌 짐승의 하루를 사는 동안

혼잣말하는 버릇이 생기고

내면은 온통 잡음의 부유물이 끓어넘친다

침묵으로부터도 고립되었다, 그는

자신과 세상으로부터 버림받은 자인 것이다

숟가락의 운명

밥집에 앉아 밥 나오기를 기다리는 동안
상 위에 놓인 숟가락 골똘히 들여다본다
숟가락 맨 처음 세상에 내놓은 이 누구일까
출생년도와 출신지를 알 수 없는
이 숟가락 든 손 얼마나 될까
한탄과 눈물로 숟가락 든 이가 있을 것이다
겸허와 감사로 숟가락 든 이도 있을 것이다
이 숟가락 애인처럼 반가운 이,
사자처럼 저주로 보인 이도 있을 것이다
그렇게 뜨고 퍼 나르며 평생을 살다가
숟가락은 어느 날 홀연 밥상을 떠날 것이다
내가 모르는 수많은 입과 손 다녀왔을
숟가락 앞에 놓고 숟가락 놓지 않기 위해
악착같이 살아온 날들 떠올리는 동안
소찬들이 나오고 밥과 국이 나온다
천천히 밥 한 그릇 달게 비운다
숟가락 앞에서 밥은 비로소 밥이 된다

노브라를 위하여

암말 같은 여자가 보고 싶다
브라 벗고 맨가슴 내밀어
활기차게 걷는 도발을 보여다오
걸을 때마다 샘물 솟는
젖살은 얼마나 고혹적인가
칭얼대는 아이
젖 물려 달래는 모성이여
브라 속 굴욕,
가짜 교양 남근의 시선 따위
벗어버려라, 상술에 속지 마라,
비 다녀간 여름의 야자수처럼
싱싱하고 푸른 노브라
발랄, 생동하는 거리를 위해
여인이여, 다산의 풍요
물컹, 봉긋한 자랑을 보여다오

황인숙
루실 외

1958년 서울 출생.
서울예대 문예창작과 졸업.
1984년 《경향신문》 신춘문예에 시 〈나는 고양이로 태어나리라〉로 등단.
시집 《새는 하늘을 자유롭게 풀어놓고》 《슬픔이 나를 깨운다》
《우리는 철새처럼 만났다》 《나의 침울한, 소중한 이여》 《자명한 산책》
《리스본行 야간열차》, 산문집 《나는 고독하다》 《인숙만필》 《목소리의 무늬》 등.
동서문학상, 김수영문학상 수상.

루실

그녀는 내 언니의
더 언니인 미국인 친구
창문들 쓸쓸한 마을 외곽
묘지 건너에 산다
전에는 없었던 그녀의 새 남편이
나보다 더 수줍어하며
작은 흔들의자에 앉아 있다

아주 젊은 날부터 한 번도
둘 이상 일거리를 놓은 적 없던 그녀
이제는 아무 일도 하지 않는다

그녀는 내게 작은 상자를 건넸다
은빛 귀고리 한 쌍과 목걸이가 들어 있다
전에 그녀가 준 파란색 아이섀도는
아마도 아직 내 서랍에 있지
그녀는 내가 건넨 초콜릿 상자를 만지작거리다
살그머니 탁자에 내려놓고
부엌에 가 브라우니를 가져왔다
그녀가 직접 구운 브라우니는
포슬포슬한 진흙 맛이 났다

그녀도 그녀 남편도
당뇨가 있다고

창문 쓸쓸한
묘지 건너 작은 집
그녀가 성큼성큼 오르내리던,
2층 침실로 가는 계단 밑에서
나는 그녀를 끌어안았다
전에 그녀는 기골 장대한 여인이었다
루실, 20년 만에 본
그녀는 내 언니의 미국인 친구
다음에 또 보자는 내 인사에
그녀는 아무 대답 하지 않았다

루실……

별이 빛나는 저 밤

LA, 시카고, 샌프란시스코, 버클리에서
그녀들이 저마다
나처럼 침상에 누워
둥둥 떠오른다
알고 보니 저마다
내파된 심장을 꾹 누르고
날아왔더라, 별들
캄캄한 파도를 타고
출렁출렁
멀어져가네

갱년기

이번 역은 6호선 열차로 갈아탈 수 있는
삼각지역입니다
삼각지역입니다
내리실 문은 오른쪽,

으로 열리는 출입문을 향해
우르르 달려온다
다시는 오지 않을 열차라도 되는 듯
놓치면 큰일이라도 나는 양
사람들이 필사적으로 달려온다
이런, 이런,

그들을 살짝 피해
나는 건들건들 걷는다
건들건들 걷는데,
6호선 승차장 가까이서
열차 들어오는 소리!
어느새 내가 달리고 있다
누구 못잖게 서둘러 달리고 있다

이런, 이런,

이런, 이런,
건들거리던 내 마음
이렇듯 초조하다니

놓쳐버리자, 저 열차!

11월

우산 쓰고
맞바람 맞으며
고양이 밥 주러 간다
이상하다, 오늘은
시간이 많이 걸린다
좀체 거리가
좁혀지지 않는다
내가
죽은 줄도 모르고 걷는 듯, 하다
길바닥 가랑잎은 이리 노랗고
'도미노피자' 간판이 저리 파란데?
차르르륵 지나가는 차바퀴 소리, 옆구리를 스치는 바람,
발목에 척척 감기는 젖은 바짓단, 이렇게 생생한데?
곰곰 생각해봐도 죽은 기억이 없는데?
모든 게 분명한데
아, 내가 분명치가 않다
무슨
막에 싸여 있는 듯하다
고양이들아, 아, 너네들,
나 죽으면 어떡할 거야?
휘청휘청

비바람으로 엏히는
시간의 추운 무게
곤한 영혼들의 무게.

음악회

예술의 전당, 오페라하우스, 3층 S석
앞자리 사람들도 우리처럼 초대권 입장객인 듯
아이 둘이 몸을 비틀고 애들 엄마가 카메라 플래시를 터뜨
린다
어디선가 안내원이 달려와 주의를 준다
무츠름해진 애엄마가 말을 돌려
왜 공연을 시작하지 않느냐 묻자
길이 막혀 가수가 늦게 도착했단다
10분쯤 지나 이제 시작한다는 안내방송이 나온다
"사과를 하고 시작해야 하는 거 아녜요?"
"커피라도 한 잔씩 돌리든지."
여기저기서 킬킬거리고 헛기침을 하고, 드디어
분홍 숄을 늘어뜨린 가수를 박수로 맞는다
나는 손뼉 소리도 이상한 거 같아
다른 사람들 손뼉 소리는 짝, 차르르르 물 흐르는 듯한데
내 손뼉 소리는 그 속에서
쩝쩝쩝쩝 척척척척
둔탁하고 어색하고 울퉁불퉁 튄다
가수는 이름에 값하게 수월수월 노래하지만
열이 없다, 객석도 달아오르지 않는다
신종플루 공포가 1층을 많이 비워둔 탓?

여기저기서 킥킥 참지 못하는 웃음소리
어깨에서 자꾸 흘러내리는 분홍 숄에 가수는,
보면대에서 자꾸 흘러내리는 악보에 피아노 반주자는
저마다 자기가 웃음을 산다고 생각할 것이다
그래도 분홍 숄을 춤추듯 나폴거리며
우아하게 퇴장하는 가수의 뒷모습
손바닥이 부서져라 박수를 친다
내 손뼉 소리는 역시 이상해

휴식 시간에 마음을 다진다
캐슬린 배틀, 저 여인네를
언제 다시 직접 볼 것인가?
속속들이 듣자!
그녀도 사뭇 청아하게 노래를 부르다가 갑자기 뚝
그치더니 조명 밖으로 나간다
그리고 누군가를 향해 양팔로 엑스 자를 만들어 보이고 뒤
돌아 나간다
무거운 공기를 뚫고 안내방송이 나온다
사진 찍지 말고 휴대폰은 꺼놓으란다
어찌할 바 모르고 우두커니 앉았는 사람들
한구석에서 시작된 손뼉 소리를 따라 짝! 짝! 짝! 짝! 손뼉을

친다
이렇게 헤어질 순 없잖아요?
가수가 다시 나타나자 다들 안도의 숨을 쉰다
치렁치렁한 분홍 숄은 그녀의 보호막
그 안에서 두 손을 꽉 잡고 그녀는 힘을 낼 것이다
이제 더 이상 숄이 흘러내리지 않는다
조마조마한 프로그램이 다 끝났다
이제부터 시작이지
목 터져라 앙코르를 부르짖는 사람들
비로소 극장에 활기가 돈다
앙코르부터 시작할걸
그녀의 은빛 목소리가 보석처럼 쏟아진다
어떻게 헤어져야 할지 모르는 사람들처럼
앙코르 또 앙코르, 기꺼워진
캐슬린 배틀은 노래하고 또 노래한다
어느 쪽이 먼저 안녕을 고해야 하지?
내 손뼉 소리는 왜 이상한 걸까?
나도 손바닥뼈가 아프도록 맞부딪친다.

반짝반짝 작은 별

이륙이 시작됐다
우움―우움―마!
우움―우움―마!
아기들의 울음소리와 함께

얼마나 어린 여행자들인가
'엄마' 라는 말도 제대로 못하는
작은 아기들이 이륙하누나
가슴 아픈 일들이
벌써 너무 많은 아기들
분홍빛 인식표가 묶인 팔뚝을 휘저으며
악을 쓰고 울어댄다

어머니가 가르쳐준 노래가
울음뿐인 아기들.

꽃에 대한 예의

유독
꽃을 버릴 때가 되면
곤혹스럽다
재활용은 안 될 테고
일반 쓰레기봉투랑 음식물 쓰레기봉투
어느 쪽에 버리는 게 마땅한지
망설이다 종종
동네 화단 덤불에 슬쩍 얹어놓곤 했다

때가 되어간다
이미 지났을지도
꽃병은 바닥까지 말랐을 것이다
물을 부어주는 게
왠지 계면쩍었던 때가
그때였을까?

꽃병 속에서
시든 꽃이 말라간다
낱낱 꽃잎들과 꽃가루가
식탁 위와 방바닥에
우수수 떨어져 있다

전날도 아니고, 전전날도 아니고
오래전 화장이 얼룩덜룩
빛바랜 꽃이여

유독
꽃을 버리는 건
버릇이 되지 않는다
버릇처럼 피어나
버릇처럼 시드는
꽃을.

방조제에서

어디로 갔을까
해당화꽃 떠다니던
그 봄날의 바다
어디로 갔을까
노란 꽃잎 같은 작은 게들 싣고
한 걸음씩 들어왔다
한 걸음씩 뒷걸음치던
밀물과 썰물

어디로 갔을까
투명한 노란빛 어린 게들
곰실곰실 기어 다니던
흰 모래밭

어디로 갔을까
바다로 내려가는 길
굴러오는 파도들
내 발목에서 부서지던 물살

이제 바다는
가지도 오지도 않네

저 멀리 배 한 척

아주 오래전

바람에 날아갔던 하얀 모자

너는, 달을 아니?

엄마는 달콤한 바람도
바람에 흔들리는 나뭇잎도 안 보시고
자꾸 하늘을 보신다.
타박타박 걸으시며
자꾸 하늘을 보신다.

"저것 봐, 저게 뭐야?
자꾸 따라오네."
엄마는 구름을 슬쩍 걸친
달무리진 달을 가리키신다.
"엄마는!
달이잖아. 달, 달, 달도 몰라?"
나는 화가 난다.
달도 모르냐구!

달이, 휑한 달이
달무리에 갇힌 달이
엄마를 쫓아간다.

달, 달, 달이잖아.
달도 모르냐구!

달무리를 따라
엄마는 타박타박
겁먹은 얼굴로 걸어가신다.

북호텔

—혜성에서

셔터를 내리고
창문을 닫고
커튼을 치고

불을 끄면 한낮에도
캄캄하다.
불을 끄고 너는 눈을 감는다.

셔터를 내리고
창문을 닫고
커튼을 치고

한 백 년 비가 오라고.

박라연
e-꽃의 우화 외

1951년 전남 보성 출생.
수원대 국문학 석사, 원광대 국문학 박사과정 졸업.
1990년 《동아일보》 신춘문예에 〈서울에 사는 평강공주〉로 등단.
시집 《서울에 사는 평강공주》《생밤 까주는 사람》《너에게 세들어 사는 동안》
《공중 속의 내 정원》《우주 돌아가셨다》《빛의 사서함》,
산문집 《춤추는 남자, 시 쓰는 여자》 등.
윤동주문학상 수상.

e-꽃의 우화

믿으실지 모르나 내 간을 먹으며

장성한 그래서 장수한 난분이 하나 있다

수천 페이지의 해와 달을 숨어서 찢어 마시며

무려 25년이나 되는 산달을 채워 끙

꽃대를 장하게 밀어 올렸으니!

e-꽃의 내공을 받아 마시려고 집은

며칠째 콧구멍을 크게 열고 흠흠거렸으나 없다

아직 놓지 못한 얼굴을 두근거리는 물살에 바칠까

눈이 아닌 콧구멍에 렌즈를 맞춰보면 어떨까

궁리 끝에 산 채로 설렘을 철골소심의 혀에

맡겼으나 툭, 모가지를 바칠 뿐 없다

향낭은 이미 온 동네 악귀를 쫓으려고

집집의 처마로 날아올랐거나 너무

진한 설렘이 코를 멀게 했거나

그의 귀를 박물관에

열 번째 결혼기념일, 샤론 스톤의 〈원초적 본능〉을 보는데
영화 시작 5분 이내에 조는 귀

채널을 돌려서 〈동물의 세계〉 해설 목소리를 넣어주자
두 눈을 번쩍 뜨게 하는 귀

그날 그를 그 화면 속으로 확 밀어 넣어버렸다 화면에서
귀만 툭, 떨어졌다

떨어진 귀를 萬言박물관에 얹어놓으면 어떨까 萬 가지의
사연을 입에 물고 죽은 사물들이

그 귀와 마주치자 그만 입을 열고 만다면 사물의 말도
들리는 귀로 바뀐다면

내 정수리의 3분의 1을 덜어내고 연꽃을 꽂아두고 싶다
물론 다른 꽃도 OK, 대화가 만발한다면

별, 받습니다

蘭은 추위를 받아야 꽃망울이 맺히고 별은 영하 90도서
드디어 빛났죠

나는 病을 받아야 부지할 수 있는 목숨이어서 별, 받으며
얼어보려고

中國高原 靑海성까지 왔는데 빗줄기 사이사이에 도란도란
제 속내를 떨구는

초원장막호텔 공안요원들의 정담을 대신 받네요 뼈처럼
단단해진 情에

말이 붙어 있어서 雨中에도 반짝반짝 빛나는 걸까요?
아무리 춥고 곤궁해도

그게 설움인 것도 모르는 눈동자들이 수십 소쿠리의 별을
구워낼 것 같아요

사는 이야기를 장작처럼 잘 말려 활활 타오르게 하는
그녀들의 담소가

내 안의 당신들을 뱉어내게 했죠 먼지와 탐욕, 부풀린 말
따위를

뱉어낸 자리에 초원 위에 뜨는 별을 담아갈 수 있을까요?
그늘도 그림자도

별이 될 것 같은 여기서 내 안의 당신들을 다 떠나보내고
싶죠 거대한 가스와

먼지가 살을 섞어 별을 낳는다면 그 별, 받을 수 있다면

녹아내리는 손

눈만 뜨면
오체투지하는 저 타얼쓰 티베트 사원을
아무도 몰래 거대한 삽으로 뚝 떠서 세속의
광장으로 옮기면 어떨까 생각하는데

사원의 고양이 한 마리가
나무 위에 앉아 있는 새를 덮치자 나뭇잎들이
오소소 제집 단속에 나섰다 나는
생각을 바꿔서

聖과 俗 사이의 자연인
한 사랑을
무지개처럼 거기에 걸어두려고
쓰기 시작했다

"잔병이 잦아 늘 춥던 내 심장박동 소리들이
수십 년을 건너와
연애를 넘어
신분과 제도와 아이디까지 녹여버린 적 있다

나를 향한 반역과 번역을 서두를 수밖에

우선
영하 20도에서도 숨을 쉴 손을 길들이는 일
쉬파리 떼가 윙윙대는 생쥐의 시체를 수습하듯
부패한 제 시간들을 수습해야 하는 일

연모가 이끄는 부대를 이탈한 남과 여

녹아버린 저를 다시 빚으려고
가족의 아이디를 복원시키려고 날마다
손을 얼려야 했다

제 뜨거움과 대적할 서로의 손이
번역되었을 때

사랑에 물린 핏자국을 뒤져서
찰칵 찰칵 찰칵 情을 찍어내면 상상의 꽃
가족사진이 피어날까", 라고

그때까지 잠망경은 살아 있을까요?

상어와 삼치는 부레가 없다지요?
파도가 가장 센 곳의 미역 맛이 일품이고요
흐를 곳도 심을 곳도 제 몸뿐이지만

오늘은 식목일
本 구덩이보다 얼마쯤 깊게 파 내려가야 하죠?

어로 한계선까지 흘러간 후
희고 튼실한 뿌리들이 구덩이를 뚫고 나와
內外의 문고리가 되었나요?

실핏줄처럼 붉고 푸르게
퍼져가는 눈동자의 직진 반사 굴절만으로
어디까지 환해질 수 있을까요?

울울창창해지는 숲
심장 복판에 새들이 집을 짓기 시작했나요?
산모들의 산책이 시작되고 눈보라와
벼락과 허기까지 나무와 혈연이 되는 날

코와 눈, 귀와 입술이 가지 끝에서

쑥쑥 솟아오를까요? 오장과
거기들이 달을 다 채웠을 때
흘러나올 生

헤엄쳐 가려고 오래된 눈동자와 코
턱과 이마를 뜯어낼 용기가 생길까요?
그때까지
잠망경은 살아 있을까요?

피워 올릴
잎과 꽃과 열매가
금방 뽑아낸 저의 출생신고서
물고기의 내력이라는 듯

로봇시대

病과 슬픔, 음모를 수술하고 대신 돈 벌고
대신 사랑하고 이별하고

집집의 지루한 사랑을 뜯어내 먹어치우고
공부와 선행까지 대신해주고
아, 그래 좋아
산적한 문제들을 싹 해결해줬다 치자

혈액형은 따져봤니? 수혈은 가능했어?
고통까지 대여하다가 식물인간 되면?
그것마저 괘념치 않는다 치자

과거를 기억해내는 속도마저 電子적이면 어쩌지
사람의 역사를 지워버린다면 말이야

자, 이런 기도문은 어떤가?
"가난한 사람은 로봇이 없사오니
박물관에서만은
로봇에게도 기계가 아닌 순간이 있게 하시고
가난은 섞이는 힘이 세나니
가난전술로 지구를 지키게 해주소서,"

盲地를 찢고 나와

말씀의 성감대를 쳐서 우주를 펼치셨다면
사람도
말씀 유전자가 흐른다고 상상해도 될까요?

얼마나 아픈 데를 찢고 우리 여기에 왔기에
가까울수록 상처를 주고 살까요?
내 손으로 내 몸을 찢어야만 길이 생긴다면
살아남을 수 있는 부위는 무엇일까요
앞 동의 꽉 찬 햇살이 뒷동의 그늘이 될 때
추운 길로만 발이 감겨들 때 한계상황에서만 꽃이
피는 道를 생각해낼 수밖에 없었을까요
닫힌 몸이 가려운 순간마다
계란을 깨고 과일을 깎고 생선을 토막 쳐보지만
길이 없는 땅만 맹렬히 키스한 시간들이
계산대 위의 물품들처럼 빨려들어 가버릴 때
허공에 박힌 울음을 혀로 뽑아내어
제 안의 맹지에게 먹여야 했을까요
오래 갇혀서 맺힌 물방울들이
땅을 찢고 나와 물길을 내듯 서럽게 뱉어
낼 수 있을까요 인간의 캄캄함을

앗! 김연아다

총알을 실은 심장박동 소리들이 이국의
빙판 위를 구르자

세상의 모든 꽃과 나비와 새들이 은반 위로
불려 나온 듯

그들에게서 빌렸을지도 모를 육체
사람 아닌 몸의 저 피겨스케이팅의 순간들을

북, 뜯어내 복사해두면 어떨까

영혼에 빙판을 깔고 일군 그녀의 총알이
관객의 적장을 명중시킨 양 일제히 터지던 탄성과
박수가 행운으로 여문다면

그녀 몫의 비운과 무례히 덮칠 공포마저
앗! 김연아다, 하면서
물러설

수세의 민족에서 전 세계로부터
기립 박수 받은 코리아로

바뀔

죽음으로의 轉移 그 속도까지 얼마쯤은
늦춰줄

한 문서가 될 수 있다면

화성인처럼 우리는

감나무에서 딸기 따는 태몽으로 태어난
내 조카 지숙이가
아픈 몸으로 암센터 앞마당까지 나와
이모…… 잘 가…… 말하다가
여윈 손을 길게 뻗어 나팔꽃들이
일군 쑢中을 어루만지자 나팔꽃 혀들이
발가락을 간지럼 태울 때
걸음을 뗄 적마다 몸 안의 감나무 가지에서
딸기가 빨갛게 열릴 때
지숙이의 손이 안 떨어지는 사람들은
그녀가 태몽 이전으로 돌아가는
꿈을 어김없이 다투어 꾸고
생존율이 제로가 막 되려는 이들에게
그 꿈을 되팔 수 있을 때 그들이
한편이 되어 쭉 손을 길게 뻗어
지숙이의 젖은 눈망울 속에서
죽음의 물방울들을 찰나에 캐낼 때
나팔꽃 여윈 손목에 우리는 지숙이의
서른아홉을 역순으로 내걸고

미망의 귀

온몸이 눈동자일 때
간절한 말들이 눈동자에서 굴러떨어질 때
차마 외면할 수 없어서 창문을 열었더니
장정도
날려버릴 듯 바람이 세다
안전벨트를 맨 우리는 다행이지만
벚꽃나무에 매달린 저 수많은 눈동자들은
누가 붙들어주나?
꽃잎의 수명이 붙잡아주는 것?

해와 달 그리고 별은 왜 안 떨어지나?
그들의 수명이 끝나지 않아서, 라고
답하는
미망의 귀

조용미

적벽에 다시 외

1962년 경북 고령 출생.
서울예대 문예창작과 졸업.
1990년 《한길문학》으로 등단.
시집 《불안은 영혼을 잠식한다》 《일만 마리 물고기가 山을 날아오르다》
《삼베옷을 입은 자화상》 《나의 별서에 핀 앵두나무는》,
산문집 《섬에서 보낸 백 년》 등.
김달진문학상 수상.

적벽에 다시

　적벽 오고 말았습니다, 물염정 아래 호수의 물은 말라 수면이 여러 겹 물염적벽 아래 떠다닙니다 당신은 흐르는 강물 따라 다녔겠지요 망향정에 와 노루목적벽 마주 보며 흔들리듯 서 있으니 수수만년 전의 당신이 나를 여기 보냈다는 걸 알겠습니다 적벽 와서야 허전한 한 목숨 겨우 이어 붙였다는 느낌은

　나는 가장 맑은 눈으로 적벽 보려 합니다 물염적벽, 노루목적벽, 망미적벽, 창랑적벽, 이서적벽…… 적벽의 이름들 안타까이 구슬처럼 입안에서 꿰어봅니다 무덤에 업힌 듯 박혀 있는 부서지고 나뒹구는 석탑이 절터임을 말해주지만 호수의 물과 파헤쳐진 대숲의 어두운 그림자들이 기억을 방해하고 간섭합니다

　당신도 한동안 적벽의 풍경을 몸 안에서 구하였던 것은 아니겠지요 어느 생에선가 미묘란 무엇이냐 물었더니 당신은, 바람이 물소리를 베갯머리에 실어다 주고 달이 산 그림자를 잠자리로 옮겨준다* 말했습니다 여러 생을 통과하면서 혹 미묘가 맑아져 표묘가 되기도 하였는지요

　찬연함이 얇아져 처연함이 되는지 나는 이 시간에 오롯이

놓여 적벽에 쓸쓸히 물어봅니다 내 몸을 입고 나온 어떤 이도 적벽 흐르는 강물 바라보며 미묘와 표묘를 아득한 눈빛으로 중얼거리게 될는지요 수수만년 전 적벽을 보았던 게 누구인지 이제는 알 수 없게 되어버렸습니다

어느 생에선가 나는 다시 적벽 와야 하겠지요 흐르는 구름과 적벽에 물드는 단풍을 바라보며 오래 거듭되는 幻의 끝을 물으며 서 있어야겠지요 후생의 어디쯤에서 나는 나를 알 수 있을까요 풍문도 습관도 회환도 아닌 한 사람의 지극한 삶을, 향기와 음악처럼 두루 표묘하여 잡을 수도 알 수도 없는 간결한 한 생을 말입니다

* 《벽암록》에서 인용.

일식의 주기

지구가 해를 19바퀴 돌 때 달은 지구 주위를 정확하게 223
번 공전한다 이때 해와 달은 하늘의 같은 위치에서 만나게 되
는데 해와 달이 겹치게 되는 현상의 주기는 18년 11일 8시간
이다

당신과 나의 만남은 사로스 주기와 비슷해서 이 생에 한 번
더 있을지 모르겠다 어느 먼 우주에서의 조우처럼 한순간의
스침을 생의 증표로 기꺼이 받아 몸에 화인처럼 새겨두고 들
여다보는 일은,

무언가 돌이킬 수 없는 운명적인 겹침이 생길지도 모른다는
불안을 너는 잘 견뎌내었다 물리적으로 먼 거리는 때로 심정
적으로 가까운 거리가 되기도 한다는 것을

그들에게 어떤 일이 일어나는지 달은 지구의 주위를 빙빙
돌며 지켜보았다 아무 일도 일어나지 않았지만 아무 일도 일
어나지 않기 위해 고투하는 그들의 모습이 약간은 아름다웠다

태양을 삼켜버린 어둠은 잠시였지만 정말 아무 일도 일어나
지 않은 것일까 모래바람이 심해 몇 번인가 돌아서며 한의원
에서 전철역까지의 타클라마칸을 건너야 했을 때, 어딘들 사

막 아닌 곳이 없다는 걸 문득 깨달아야 할 때

　그 숲에도 같은 바람이 불고 있겠지 당신과의 목마른 인연
탓이 아니라 내 안에 탄맥처럼 숨어 있는 비애가 목을 메게 한
다 달이 당신을 지워야 할 시간이 다가온다 둥그런 암흑의 고
리 뒤에 있는 것이 당신임을, 그래도 내가 알고 있다는 것은

오후의 세계

토마토는 부드럽게 잘린다
토마토의 한쪽 붉은 살이 웅크리고 있다
푸른 씨와 한데 엉겨 붙어 있는
불그레한 덩어리들

접시 위에 토막 난 토마토는
한쪽으로 비스듬히 기울었다

오후는 나뭇잎들이 바람을 이리저리
뒤집었다 바로 놓았다 한다

칼이 지나가는 자리에 토마토가 가지런하다
토마토의 붉은 속이 미세하게
나뭇잎처럼 흘러내린다

차가운 심장이 파랗게 엎드리고 있는
토마토는 싱싱하다
푸른 씨를 가득 물고 조용히 뛰고 있다

짙은 초록 이파리에 마구 엉겨 있는 바람의 부레들이
줄기마다 헤엄쳐 다니며 반짝인다

토마토의 붉고 푸른 살과 뼈 사이를
실처럼 이어주는 흰 혈관들은
나무의 심장처럼 고요하게 뻗어 있다

우듬지의 나뭇잎들이 꺾일 듯 휘어진다
수만 결의 바람이 뒤집히며 일제히 파닥인다
비스듬히 썰린 채 흘러내리는 과육들,
토마토는 부드럽게 상한다

야위다

수식득격, 蘭이 아닌 사람의 어떤 마음도 이와 같다 할 수 있을까 야윌수록 높아지고 깊어지는 무엇이 있을까

심장박동이 잦아들도록 가을이 지나 겨울까지 내처 내버려 두어야겠다

득격하지 못하더라도 농묵의 번짐은 비껴갈 수 있을 테니

예서와 해서가 섞인 서체처럼 단단하고 묵묵해질 때까지, 초승달이 깎여 다시 그믐이 될 때까지

걷고 또 걷고 누르고 누르면 독필이 된다

누란은 정말 호수가 말라버렸기에 멸망한 걸까 호수는 왜 남쪽으로 이동했을까

사막의 염부호수처럼 아무도 눈치채지 못하도록 슬그머니 몸이 자꾸 어딘가로 조금씩 움직이고 있으니 조심해야겠다

이곳에 야윈 몸만 남겨두고 사라지지 못하도록

호수는 사라지지 않았다 세상에 완전하게 사라지는 것은 아무것도 없다 천오백 년마다 물줄기를 바꾸는 호수는

　　누란이 사라진 것처럼 야위고 야위면 바라는 그곳으로 자리를 옮겨갈 수 있는 것일까 산을 움직이듯

흰 꽃의 극락

泰山木에 꽃이 필 때,
그 향기는 죽은 아이의 혼백
病을 불러들이는 향기

꽃잎 한 조각 한 조각이 모두 향기의 덩어리인

태산목 커다란 흰 꽃이
극락처럼
피어날 때

그 그늘에서 한숨 잠을 자고 나면
무슨 일이 일어나는가

저 두근거리는 흰 빛의 커다란 꽃등이
病을 불러들인다

꽃봉오리가 붓 끝을 닮은 木筆
북쪽으로 고개를 두는
北向花

나의 침대는 자주 북향이어서

칠성판이 아니어도
북쪽으로 반듯이 마음을 누인다

열매가 붉게 익을 때쯤, 두근거림이 잦아들 무렵
病도 당신도 함께 데리고 나가
야윈 풍경들을 살펴줄까

나의 매화초옥도

눈 덮인 산, 무거운 회색빛 하늘, 초옥에서 창을 열어두고 피리를 불며 앉아 있는 선비의 시선은 먼 데 창밖을 향하고 있다.

어둑한 개울에 놓인 다리를 밟고 건너오는 사내는 어깨에 거문고를 메고 있다

멀리서 산속에 있는 벗을 찾아오고 있다 방 안의 선비는 녹의를 그는 홍의를 입고 있다

초옥을 에워싸고 매화는 눈송이가 내려앉듯 환하고 아늑하다

매화를 찾아, 마음으로 친히 지내는 벗을 찾아 봄이 오기 전의 산중으로 발걸음을 내딛었다

생겨나고, 부유하고, 바람의 기운 따라 천지간을 운행하는 별처럼 저 점점이 떠 있는 흰 매화에서

우주의 어느 한 순간이 멈추어버린 것을, 거문고를 메고 가는 한 사내를 통해 내가 보았다면

눈 덮인 산은 광막하고 골짜기는 유현하여 그 속에 든 사람

의 일은 참으로 아득하구나

　천 리 밖 은은하게 번지는 서늘한 향을 듣는 이는 오직 그대뿐

　밤하늘의 성성한 별들이 지듯 매화가 한 잎 한 잎 흩어지는
봄밤, 천지간의 구분이 모호해진다

　나는 그림 속 사람이 된다 별빛이 멀리서 오듯 암향도 가깝
지 않다

어두워지는 숲

숲은 어둠의 기미로 달콤하다

잣나무 숲으로 난 오솔길은 내 얼굴을 빌려 저녁이 뿌리는 물뿌리개의 물방울들을 촘촘히 다 들이마신다

나뭇잎 사이마다 어둠이 출렁여도 밖으로 난 숲길 한쪽은 아직 환하다 연한 어둠의 파란에 둘러싸여 나는 내 몸에 천천히 붕대를 감는다

당신도 언젠가 이 숲에 왔을 것이다
숲은 폭풍의 예감으로 일렁이고 있다

당신도 이 숲에서 심장을 움켜쥐어 보았을 것이다
바람이 손바닥의 붉은 꽃잎들을 날려버렸을 것이다

숲이 어두워지는 것이 내 몸의 어둠 때문이라고 말하지 않겠다
물감이 풀리듯 어두워지며 흘러내리는 시간들,

오랜 격정으로 숲이 대낮에도 어둠을 불러들이곤 했다는 걸 당신은 알지 못하리라

당신도 여기 서 있었을 것이다

혈우병에 걸린 고래처럼 단 한 번의 상처로 멈추지 않는 피를 오래 흘리며 흰 붕대를 붉게 물들였을 것이다

어둠으로 회오리치는 붉은 숲은,

하늘의 무늬

별이 하늘의 무늬라면 꽃과 나무는 땅의 무늬일까요
별이 스러지듯 꽃들도 순식간에 사라지니까요
그래서 그들은 불멸을 이루나 봅니다
하늘의 무늬 속에 숨어 있는 그 많은 길들을
저 흩어지는 꽃잎들은 알고 있는 듯합니다

이 꽃잎에서 저 꽃잎까지의 거리에 우주가 다 들어 있고
저 별빛이 이곳에 오기까지의 시간 또한 무한합니다

무한히 큰 공간과 거기 존재하는 천체와
모든 살아 있는 존재인 우주를, 그 우주의 은하에서
나는 누구도 아닌 당신을 만났군요
자기 자신에서 비롯되는 마음처럼, 샘물처럼 당신과 나는
이 우주에서 생겨났군요

우주는 깊고 별들은 낮아
나는 별들의 푹신한 담요에 누워 대기를 호흡해봅니다
천천히, 당신을 들이쉬고 내쉽니다
그러다 나는 밤하늘로 문득 미끄러지듯 뛰어내릴까요
너무 오래 살았거나 아직 태어나지 않은 이들이 있는 곳으로

남천에 걸린 남두육성의 국자별자리를 스쳐,
천공의 우주가 겹겹이 내려앉아 우리가 알 수 없는 오래전
어느 시간의 소우주를 보여주는 고구려 고분벽화의
봉황과 학을 타고 하늘을 노닐며 사현금을 뜯는 신선들과
천지공간을 가득 채운 일월성수의 별자리 따라

나는 당신의 전생으로 갑니다
우리는 어느 별에선가 또다시 만나게 되겠지요

분홍을 기리다

산그늘 한쪽이 맑고 그윽하여 들었더니 거기 키 큰 철쭉 한 그루 기다리고 있었습니다 엷은 분홍빛 다섯 장의 통꽃들 환하여 그 아래 잠시 마음을 내려놓게 되었지요

그들의 이마를 어루만지니 열꽃이 살며시 번졌습니다

이른 봄꽃들 지나간 봄숲을 먼 등불처럼 어른어른 밝히고 있는 그 여린 분홍빛에 내 근심을 슬쩍 올려놓고 바라보아요

실타래처럼 쏟아져 나온 열 가닥 꽃술은 바람이 없는데도 긴 속눈썹을 가늘게 떨고 있어요 떨어진 분홍빛들은 가만히 그 자리에서 빛을 다하고 있습니다

그 아래 애기나리들이 연둣빛 솜 방석을 깔고, 내려온 분홍빛들을 받쳐주고 있습니다 나는 애기나리들의 낮은 데 있는 그 마음을 받쳐줄까 하여 오래 고개 숙였지요

내 앉은 나무 아래 분홍빛은 모여들어 봄은 또 이곳에 잠시 머뭇거립니다

가까운 개울물 소리도, 산비둘기 울음도, 쓰러져 누워 푸릇

푸릇 이끼를 껴입은 벗나무 푸석한 가지들도 모두 저 꽃의 분홍을 기리기 위해 이 숲에 온 듯합니다

　저 고요한 분홍이, 숲의 물소리를 낮추고 있었다는 걸 한참 후에 알게 되었어요 그 분홍빛 아래서 당신은 또 한나절 나를 견뎠겠습니다

정강이論

정강이, 촉대뼈, 촉뚜뻬, 학치, 청갱이, 정게, 성문이
이건 다 신체 부위의 어느 한 곳을 지칭하는 다른 말

발걸음이 허방으로 빠져 정강이께가 찢어진 날,
발 딛는 데마다 땅이 꺼지는 듯하더니
결국 발아래 허방이 생겨버려 어둠 속에서 거기로 빨려들고
말았다

전갱이는 무리 지어 다니는 암청색 빛깔의 등을 가진 물고기,
정강이와 상관없음이 분명한 그 물고기가 어쩐지
앞쪽 넓적다리와 정강이뼈 사이에 있는
슬개골의 어딘가에서 헤엄쳐 나온 것이 아닐까 궁금했다

장성병원 야간 응급실에서 왼쪽 정강이뼈 사진을 보았을 때,
다리 속에 숨어 있는
노랑부리저어새의 주둥이같이 생긴
가늘고 긴 뼈가 주는 쓸쓸하고 가엾고 사변적인 느낌을

저 고요한 뼈의 세계와 미혹하는 살의 세계가 늘
우주적으로 한 몸이라는 것이,
벌어진 상처를 꿰매고 난 후 정강이로 인해

몸의 구석구석에 숨겨진 침묵하는 뼈들을 나는 더욱 편애하게 되었으니

손택수
먼지 노트 외

1970년 전남 담양 출생.
경남대 국문학과와 부산대 대학원 졸업.
1998년 《한국일보》 신춘문예에 〈언덕 위의 붉은 벽돌집〉으로 등단.
시집 《호랑이 발자국》 《목련 전차》 등.
신동엽창작상, 이수문학상, 오늘의 젊은 예술가상 수상.

먼지 노트

사주팔자에 열이 많아 자주 활활거린다는
내 불아궁에는 재가 한 소쿠리나 된다
자고 일어나면 천근만근
속눈썹 끝에 매달려 있다 떨어지는 먼지들,
한 점 속엔 마흔이 된 내가 있고
또 한 점 속엔 잡았다 놓친 숨결들이 있다
바람이 화 입김을 불고 지나가면
창문에 하얗게 끼는 먼지들,
그 위에 낙서를 하는 건 미성년의 내 쓸쓸한 버릇
손가락으로 밀면 양옆으로 밀리면서
돋아나는 풍경들 속에
뿌옇게 지워져가는 말들이 있다
책장 속에 숨어 있다 기어가는 벌레들처럼
오래전 누군가 슬어놓은 말들을 저만치 밀어낸다
밀어낼수록 살갗에 볼을 부비는 이 혈연감은 어느 가계의
것인지
꾀죄죄 어린 날 유리창을 닦던 헝겊 조각처럼
황사 낀 하늘 한쪽에 새가 날고 있다
서렸다 사라지는 입김처럼 구름이 떠 있다

묵은지 생각

당신을 묻고 난 뒤엔
독 항아리 묻는 일도
산역이라면 산역이라서
땅에 묻은 김칫독 볼 때마다 한겨울
눈을 헤치고 묵은지를 꺼내던
할머니 생각납니다
할머니 찾던 절집에선
종 밑에 항아리를 묻고
종소리까지 익혀 먹는다 했지요
땅속 깊이깊이 울리는 종소리
먼저 가신 할아버지 무덤까지 갔다가
나무뿌리를 타고 잎잎이 돋아난다 했지요
가신 할머니 묵은지가
택배로 온 저녁
김장도 장례는 장례라서
이리 목이 메어오는 것인지
어린 날 곶감 빼 먹듯,
도굴꾼처럼 열고 닫는 땅
두루두루 피가 잘 통한 묵은지 한 점
밥에 올려 먹으면
이승도 저승도 얼마쯤은

피가 통해서
눈 덮인 독 속
잘 삭힌 몇 포기 종소리처럼
속 창자까지 개운해질 것 같지요

바늘구멍 사진기

벌레들이 정지문에 구멍을 내놓은 거다 그 구멍 속으로 빛
이 들어오면
아궁이 그을음이 낀 벽에 상이 맺혔다
나비가 지나가면 나비 그림자, 마당에 뿌려놓은 햇싸라기
를 쪼아 먹는 새 그림자가
살강의 흰 그릇들에 거꾸로 맺히곤 하였다
손가락으로 밀면 까무스름 묻어나던 그을음은
불에 탄 짚들이 들판과 하늘을 잊지 못하고 벽에 붙여놓은
필름,
그 위로 떠가는 상들을 놓치지 않기 위해 나는 어둠을 더 편
애하게 된 것이 아닐까
사내 녀석이 꼬추 떨어진다, 할머니 불호령은 늘 두려웠지만
나는 여전히 아궁이 재 속에 묻어놓은 고구마와
솥단지 바닥의 누룽지를 탐하는 부엌강아지
잠을 자다 일어나 나무 속살을 갉아 먹고
나무 속살에 스민 물소리와 볕들을 갉아 먹고
배부르면 다시 잠이 드는 애벌레처럼
기다란 꿈속에 일 나간 식구들을 기다리곤 하였는데
영사기 필름처럼 차르르 돌아가던 풀무질 소리 뚝, 끊어진
어디쯤일까
그 사이 암실벽 노릇을 하던 정지벽도 까무룩 사라져버렸고

상할머니 곰방대처럼 뽀끔뽀끔 연기를 뿜어 올리던 굴뚝도
사라져버렸다

이제는 스위치를 올리면 바퀴처럼 단박에 어둠을 내쫓는 한
평 반의 부엌

싸늘한 불빛이 거리를 떠돌다 온 뮈를 쓸쓸히 맞이할 뿐이다

문을 닫은 채 웅크려 빛을 빨아들이는 벌레 구멍을 숨구멍
처럼 더듬는 밤

하늘에 난 저 별은 누가 갉아 먹은 흔적인지,

구멍 숭숭한 저 별이 빨아들이는 빛은 어느 가슴에 가서 맺
히는지

이런 적적한 밤 나는 아직도 옛날 정지를 잊지 못해서

하릴없이 낡은 밥상을 끌어안고 시를 쓰곤 한다

밥상이 책상으로 둔갑하는 줄은 까맣게 모르고 새근거리는
식구들,

그들 곁에서 쓰는 시가 비록 꼬들꼬들하게 익은 밥알 같은
것이 될 수는 없겠지만

할머니의 아궁이에서 올라온 그을음이 부엌강아지 젖은 콧
등에 까뭇이 묻어날 것 같아선

애벌레처럼 사각사각 연필을 깎으면서

살강의 흰 그릇처럼 정갈하게 놓여 있는 종이 위에

어룽거리다 가는 말들을 찬찬히 베껴 써보곤 하는 것이다

감 항아리

풋감이 떨어지면 소금물에 담가 익혀 먹곤 했다
아들 둘 먼저 보낸 뒤 감나무 잎 스적이는 뒤란에 홀로
앉아 있는 외할머니

떫디떫은 풋내 단물 들어라 소금물 항아리마다 감을 담가놓
고 있다
그 항아리 속엔 구름도 들고 산도 들어온다
뒤란에 내린 그늘도 얼마쯤은 짜디짜져서
간이 배는데

간수가 밴 낙과로 빈속을 달래던 시절이 있었다
뱃속 아기를 잃어버린 외손주를 위해
툭,
땅을 찧고 뒹구는 감을 줍는 당신

마당귀에 주인을 잃어버린 발자국 하나 아직 떠나보내지 못
하고 있는,
짓무른 두 눈 속에서 봄날이 익는다

얼음 물고기

한밤에 누가 아파트 외벽을 친다 동태가 우는 모양이다 아
내가 겨우내 해장국을 끓이기 위해 베란다 창틀에 매어놓은
푸른 노끈, 잡아채며 말을 듣지 않는 몸 뒤채고 있는 모양이다

흐린 동태 눈을 부비며 바라보는 어둠 속 창문을 여니 눈이
흩날리고 있다 달라붙는 눈비늘을 털며 어디론가 하염없이 가
고 있는 물고기 뿌옇게 날리는 이 눈보라 속에 저희도 무슨 잠
못 드는 시름이 있는지 눈앞의 미끼를 잘못 문 채 머리를 짓찧
고 싶은 벽들이 있는지

고드름 맺힌 지느러미 부딪는 소리, 몸에 들러붙은 얼음 조
각 서걱이는 소리, 어느 산중에라도 든 듯 따랑따랑 풍경 소리
를 낸다 몇 해만 더 머물고 뜨자던 서울 이 빚더미 아파트와
벗어날 수 없는 나날들이 한 채 소슬한 절집이라도 된다는 듯

가른 배 속을 파고드는 눈보라 눈보라 아니 가른 배 속에서
산란하는 눈보라 눈보라

나무의 수사학 4

벗나무의 괴로움을 알겠다
꽃 피는 벗나무의 괴로움을 나는
부끄러움 때문이라 생각한다
퇴근길 지하철 계단 위로 벗꽃이 날린다
출입구 쪽에서 흩날리던 꽃잎 몇이
바람을 타고 계단에 날아와 앉는다
이 지하철역 가까운 곳에서는 얼마 전
철거민들이 불타 죽은 일이 있었지
계단 계단 누운 벗꽃을 밟고 오르며 나는 인어를 생각한다
떨어지지 않는 철거민 생각 대신
벗꽃 아래 사진을 찍던 여자들
종아리 맨살에 화르르 달라붙는 꽃비늘과
그이들 가슴에 익어갈 버찌,
버찌에 물든 입술처럼 푸를 바다 생각에 젖어든다
그런데 이건 아니다 도리질 도리질
언젠가부터 나는 꽃을 마음 놓고 사랑하지 못했다
국회의사당 앞에서는 춘투를 읽고,
꽃향기 따라 닝닝거리는 트럭 점포 앞에서는 유랑과 실업을
읽었다
벗꽃을 나는 이제 그냥 벗꽃으로만 보고 싶을 뿐인데,
어깨를 스치는 꽃비늘에 사라져버린 인어와

바닥을 씻고 가는 물소리가 다시 들리는 것도 같은데

여기는 불과 재의 시간을 지나온 먼지 한 점이 아직 눈을 감지 못하는 땅

숨결을 타고 들어온 먼지들이 쿨룩쿨룩 잠든 내 몸속을 하얗게 떠돌아다니는 땅

꽃잎이 오르내리는 사람들 구두 밑에서 으깨진다

절반쯤 으깨진 몸을 바닥에 붙이고

날아오를 듯 말 듯 들썩인다

푹 꺼진 계단 계단 제 몸에 찍힌 발자국을

들었다 놓는 꽃잎

은유

어깨 높이로 담장을 올리고 나니 영락없이 겁 많은 달팽이다

나는 섬 같은 데 들어가서 소라 껍질을 둘렀다고 말하고 싶
으나

빨랫줄에 내다 건 속옷과 깎지 않은 수염처럼

마당에 수북이 자란 풀잎들을 들키고 싶지 않을 뿐이다

담을 허물 수는 없고, 내성적인 집을 그대로 내버려둘 수도
없고,

어쩐다? 얼굴도 모르는 이웃사촌의 콧노래와

수저 부딪는 소리와

자잘한 입씨름에 자꾸 귀는 쏠려가는데

칼금을 그어놓은 책상 너머로 생일이라고,

사탕을 슬그머니 얹어놓고

시침을 뚝 떼고 앉아 있던 초등학교 때 내 짝 정이처럼

꼭 그처럼은,

담벼락 옆에 감나무 한 주 심어놓기로 한다

이것 좀 드시라 차마 말은 못하고 슬며시

담 넘어간 가지에 눈치껏 익어갈 홍시를 기다려보기로 한다

굴참나무 술병

와인을 처음 마실 때 코르크 마개를 딸 줄 몰라 애를 먹은 일이 있다

촌놈 주제에 아내 앞에서 분위기 좀 잡으려다 식은땀을 흘린, 그때 뽑다 만 코르크 마개가 저 굴참나무다

얼마나 단단히 박아놓았는지 지난밤 태풍도 끙끙 힘만 쓰다 지나갔다

뽑혀 나가지 않으려 땅을 움켜쥔 채 필사적으로 버틴 나무들

살짝 들린 뿌리를 따라 땅거죽도 얼마쯤 불쑥 잡아당겨져 있다

펑 따면 꽉 틀어막은 구멍 너머로 몇백 년 묵은 술 향기 같은 것이 올라올 것 같은데

우르릉 쾅쾅 천둥 번개 치는 시간을 대지는 향그러운 알코올 속으로 끌어들였던 것

온 들판이 버티는 나무뿌리의 술병이 되게 했던 것

그러니 서두르지 말자, 나도 한 방울의 술이 되어 녹는 날이 올 테니

그때는 굴참나무 쪼록쪼록 술 익는 소리에 취해 천 년을 더 기다려도 좋을 테니

뿌리에 매달려 떠오를 듯 들썩이던 길과 잡아당기다 만 저 산봉우리와

엉덩이를 들었다 놓은 바위들이 이제 나의 벗이다

죽은 양귀비를 곡함

양귀비를 키워보았음 했는데 마침 씨를 구했습니다 누구는
배앓이할 때 쌈을 싸 먹으면 좋다 하고, 열매즙을 짜서 담배에
묻혀 말린 뒤 피우면 마음이 편안해진다고 합니다 나는 소문
으로만,듣던 꽃이나 좀 보고 싶어서 주말농장 텃밭에 겁 없이
씨를 뿌리기로 하였답니다 새로 꺼낸 솜이불이 살결에 와 닿
는 감촉으로, 씨앗들이 숨을 쉴 수 있도록 너무 답답하지 않
게, 흙을 덮을 때는 어린것들 다치지 마라 바람에 날려가지 마
라 흙덩이를 일일이 손으로 비벼 뿌려주고 다독거려 주는 걸
잊지 않았습니다 그런 어느 날이었을까요 알뜰하게 살피던 땅
에 누가 때아닌 쥐불을 놓은 게 아니었겠습니까 한눈에 멀리
서도 활활거리는 불길에 아이쿠나 내 양귀비 모두 타 죽고 말
겠구나 물통을 들고 달음박질친 곳에서 만난 불은 다름 아닌
양귀비였습니다 처음 보지만 어디선가 본 듯한 얼굴들이 있는
데 양귀비가 딱 그렇지요 넋을 잃은 저는 양귀비와 함께 밭 한
구석을 활활거렸습니다 삼겹살에 양귀비 쌈을 싸 먹고 된장
에 무쳐 먹으며 다디단 술잠을 불러보기도 하였습니다 양귀
비를 애첩 삼아 끼고 사는 동안 사람들은 제 얼굴이 몰라보게
평안해 보인다고 하였습니다 저는 그때 평화가 게으름과 통
한다는 걸 깨달았지요 어쩌면 이렇게 마음이 편안하고 게을러
지니 성실을 으뜸으로 삼는 사람들이 금기시하는 것도 당연하
다는 생각이 들었습니다 그런 또 어느 날이었을까요 농장 쥔

양반이라는 분이 어째 불안해하는 것 같아서(꽃빛에 아주 질려버린 그는 꽃 하나 때문에 감옥에 갈 수는 없는 노릇이라고 저를 설득하는 데 많은 공을 들였습니다) 하릴없이 뿌리들을 모두 화분에 옮겨 담아오고 말았는데 그날 이후로 시난고난 앓던 양귀비 모두 죽고 말았습니다 한 뿌리도 남김없이 혀를 깨물고 말았습니다 온갖 거름과 영양제를 주었지만 이미 소용없는 노릇이었지요 양귀비는 옮기면 죽는 꽃, 제가 뿌리 내린 땅과 한 몸이 되어서 땅덩이째 옮기지 않으면 목숨을 끊고 마는 독한 꽃 저는 그제야 양귀비를 보러 가던 내 발소리와 일을 잃고 양귀비 옆에서 한숨을 짓던 날들과 밭 너머로 지는 노을에 둘 데 없는 눈을 맡기고 있던 어느 저물녘과 금기를 어기던 즐거움과 내 불안까지가 모두 양귀비라는 것을 겨우 알게 되었습니다

얼음 신발

트랑고에 갈 거야 파키스탄 카라코람 산군
짐을 나르던 말들이 빙벽에 묻혀 잠을 자는 곳
바람이 구름을 밀고 지나가면 호수가 가만히 눈을 뜨는,
아직 가본 적은 없지만 오래전 호숫가에
눈부처가 되어 앉아 있었을 나를 알 것도 같은,
내 등산화는 언젠가 벗어놓았던 구름과
암벽에 앉아 있던 독수리의 날개 깃털을 기억하지
새로 장만한 등산화를 신고 사무실 계단을 오르고,
대학을 갓 졸업한 여직원 앞에서 썩은 생선 냄새를 풍기다
문득
생각하는 구름 너머 트랑고
사람들은 말하지 왜 허구한 날 등산화를 신고 다니냐고
내딛는 모든 곳이 산이라면 그 어디에도 산은 없을 거라고
그래도 나는 로프 대신 월급줄에 매달려 새벽 술집에서 비
박을 하고
24시 사우나에 베이스캠프를 세우지
가지 못한 나의 얼마쯤은 벌써 트랑고에 가 있으니까
카라코람 침봉 끝 구름 너머 하늘을 품고 있으니까
내뱉는 숨결이 암벽에 응결되는 순간을 기다려 해가 뜨면
쩡,
반사된 햇빛이 몇만 킬로미터를 한달음에 넘어가는 곳

흘러내린 빙하 호수 따라 구겨진 내 얼굴 잔잔히 일렁이는
곳
서걱이는 얼음 발자국은 흘러 흘러 어디로 가는지
목마른 어느 몸을 빌려 가지 못한 길을 다시 떠나고 있는지
진창길을 지나온 트랑고 넝마구름처럼 너덜너덜 해어진 트
랑고
사무실 열을 뿜는 모니터 배경 화면 속에서
눈폭풍 몰아치는 빙벽 위로 우뚝 솟아오르는 트랑고

김남조 시인과 시 선수의 양자 계보 중 어느 쪽에 설 것인가

"송재학 시인의 작품에서 시적 탐미감과 주제의 명징성, 아울러 도시 생활인의 진지한 고독과 애수를 읽을 수 있었다."

오세영 해체된 의식으로 보여주는 사물의 내면 묘사

"송재학 시인은 언어를 의식적으로 비틀거나 왜곡시키며, 가능한 자신의 주관을 억제하면서 묘사적인 태도를 견지한다."

문정희 활달한 언어의 용량과 힘

"송재학의 언어의 용량은 크고 활달하여 눈에 익은 시어를 부정하고 새로운 시어로 사물의 깊이를 향해 끝없이 밀도를 더해가고 있었다."

송수권 사물에 대한 은유의 신선함

"송재학의 시편들에서 그의 언어들은 해부학의 실험실에서 걷어올린 알갱이처럼 눈 시린 바가 있다."

권영민 언어적 감성과 지적 통찰

"언어적 감성과 지적 통찰의 산문적 결합을 통해 빚어내는 시적 긴장이 송재학 시인 자신이 추구하는 하나의 미학으로 자리하고 있다."

시인과 시 선수의 양자 계보 중 어느 쪽에 설 것인가

수상자로 결정된 송재학 시인의 작품에서 시 기법의 비중보다는 시적 탐미감과 주제의 명징성, 아울러 도시 생활인의 진지한 고독과 애수를 읽을 수 있었다.

김남조(시인)

오늘 우리의 시단은 시인과 시 선수의 두 부류로 이루어지는 듯하다.

민첩한 사냥꾼이 그의 예리한 일별을 쏘아 보낸 대상물을 맹렬히 추적하여 화살이나 단검으로 일격에 포획하듯이 시인들 중엔 범상한 시제詩題의 그 무엇이건 간에 한번 손안에 움켜잡으면 한 편의 수준 있는 시로 만들어내는 이들이 많아져 가는 추세이며 이들을 시 선수라고 이름 불러본다. 다른 한편으론 원고지 수십 장을 먹으로 적시고도 무능을 통탄하며 빈손을 털고 일어서는 시인이 있는데 전 시대의 시인들은 대체로 이 후자에 속한다고 하겠다. 겨우 몇 편의 시에 이름을 얹어 세상에 남기고 떠나간 그분들의 시가 장구한 명맥으로 살아남아 새로운 고전이 된 예를 적잖이 지적할 수 있다.

하여간에 그러한 정황을 길게 부연하려는 건 아닌 것이 지금은 금년도 소월시문학상의 심사평을 써야 하기 때문이다.

올해에 있어서도 예년과 다름없이 예심을 거쳐온 수상 후보들의 작품은 개성과 재능이 번득이면서 그 부피도 실하고 묵직했다. 그러나 가슴 깊이 흡입하여 오랫동안 각인해둘 감동량은 위와 정비례하지 않았다. 하여 '묘사의 달인' 등의 장점은 인정하되 작품에서 눈을 떼는 순간 그 시는 묵시나 여운을 남기지 않은 채 뇌리에서 지워진다고 말할 수 있다.

새로운 시론이 어떻게 변천해가고 있는지에 대하여 심히 어눌한 선사의 경우로선 최소한 시의 배고픔이 누적되어선 안 된다는 경각심과 불안을 떨칠 수 없다.

올해의 수상 후보자들의 경우에 있어서도 그 편수가 좀 줄더라도 탁월한 한 편이 끼어 있으면 얼마나 좋을까 싶었다. 빨리 쓰고 많이 발표한 그들의 작품이 그 시인 나름의 작품 수준을 지켜낸 사실은 상당한 값어치로 볼 수 있겠으나 그것이 과연 지워지지 않는 감동의 단 한 편의 가치를 능가한다고 볼 수는 없다.

우수 시인으로 선정된 박라연, 손택수, 이재무, 조용미, 황인숙 시인 등의 작품이 전체 후보자 중에서 솟아올랐다는 점을 밝히면서, 수상자로 결정된 송재학 시인의 작품에서 앞서 말한 시 기법의 비중보다는 시적 탐미감과 주제의 명징성, 아울러 도시 생활인의 진지한 고독과 애수를 읽을 수 있었다.

시인 여러분의 건필과 진경을 진심으로 축원한다.

해체된 의식으로 보여주는 사물의 내면 묘사

송재학 씨의 시에는 두세 가지의 특징이 있다. 첫째는 사물의 내면을 해체된(혹은 잠재된) 의식으로 보여준다는 점이고, 둘째는 언어를 의식적으로 비틀거나 왜곡시킨다는 점이고, 셋째는 가능한 자신의 주관을 억제하면서 묘사적인 태도를 견지한다는 점이다.

오세영(시인)

이견들이 없었던 것은 아니지만 진지한 논의 끝에 송재학 씨의 〈공중〉 외 14편의 작품을 당선작으로 뽑는 데 의견의 일치를 보았다. 송재학 씨는 그동안 수차례 소월시문학상 수상 후보로 거론되었으나 항상 막판에 가서 밀리곤 했던 시인이다. 이로써 그동안의 노고가 보상된다면 심사위원 또한 더없이 기쁜 마음이 되겠다. 늦었으나 축하를 드린다.

송재학 씨의 시에는 두세 가지의 특징이 있다. 첫째는 사물의 내면을 해체된(혹은 잠재된) 의식으로 보여준다는 점이고, 둘째는 언어를 의식적으로 비틀거나 왜곡시킨다는 점이고, 셋째는 가능한 자신의 주관을 억제하면서 묘사적인 태도를 견지한다는 점이다. 이와 같은 경향의 시들은 한때 소위 민중시라 불리는 것과 함께 한국 시단의 주류를 이루었으며 지금도 젊은 시인들의 시작에 적지 않은 영향을 끼치고 있다. 그것은 한국 문단의 문학 권력을 장악한 집단에 의해서 보다 강조 혹은 조장되고 있는 측면 또한 없지 않음도 사실이다. 그리고 송재학 씨는 그런 경향의 중심부에 서 있는 시인들 중의 하나이다. 따라서 잘잘못의 시비를 떠나 한국 시단의 현실을 현실로 받아들인다는 측면에서 나는 그의 수상이 이 시대에 관한 문학사적 기록의 하나로 평가될 것이라 생각한다.

무슨 이유에서인지는 모르지만 송재학 씨는 그동안 쉽게 갈 수 있는 길을 굳이 어렵게 가려고 노력해왔던 것 같다. 그러나 이제 문학상의 수상으로 지금까지의 노고가 일단 평가를 받았으니 앞으로는 쉽게 가는 길을 모색해주시기 바란다. 과거의 그의 시에 비해 그러한 가능성이 보이기 시작했다는 것, 자기 문학에 대한 반성적 성찰이 엿보였다는 것도 그가 수상을 하게 된 이유의 하나일 것이다.

송재학 씨와 끝까지 당선을 겨룬 시인이 이재무 씨이다. 이재무 씨의 작품들은 일상적 소재 속에서 삶의 철학을 이끌어 낼 수 있다는 것이 장점이다. 작품의 완결성, 상상력의 적절한 활용 또한 예사롭지 않다. 그러나 독자들에게 강한 인상 혹은 선명한 개성으로 다가오지 않는다는 것이 흠이라고나 할까. 이재무 씨는 독자들에 대한 심리학적 전략에 보다 신경을 쓰기를 바란다. 가령 그의 시의 제목 달기는 상당 부분 작품에서 얻은 성과를 까먹는 결과를 가져온 듯싶다(내 개인적 취향으로는 이재무 씨의 시에서 드러나는 이 같은 진솔성 혹은 소박성을 좋아하지만).

그 외에 관심이 갔던 시인으로는 박라연, 손택수 씨 등이 있었다. 박라연 씨의 작품에는 요즘의 시들에게서는 찾아보기 힘든 인간의 냄새가 난다. 그 인간은 이미 우리가 잃어버린 한국인의 '인정'이라 할 수도 있고, 낭만주의자들이 말하는 '연민'이랄 수도 있다. 어떻든 그것은 계몽주의자들이 추구하는 휴머니즘과는 또 다른(사랑 같은 것에 토대한) 어떤 휴머니즘의 세계이다. 그러나 무엇보다 그의 시는 아름답고 감동적이다.

손택수 씨의 작품에 대한 심사위원의 평가들은 한결같이 긍정적이었다. 나 역시 그의 문학에 많은 기대를 걸고 있다. 훌륭한 후배의 성장 과정을 지켜보는 것도 선배의 큰 즐거움 중 하나일 것이다. 그러나 문단 등단 연조로 볼 때 조금 더 지켜보자는 쪽이 우세하였다.

활달한 언어의 용량과 힘

송재학 시인은 사물의 본질을 향해 치열하게 언어를 밀고 나가는 힘이 돋보였다. 그의 언어의 용량은 크고 활달하여 눈에 익은 시어를 부정하고 새로운 시어로 사물의 깊이를 향해 끝없이 밀도를 더해가고 있었다.

문정희(시인)

금년도 소월시문학상은 어느 해보다도 치열한 논의 끝에 결정되었다. 후보로 오른 시인들마다 만만치 않은 시간의 내공을 지니고 있었고, 동시에 이것이다! 하고 어느 한 편을 선뜻 뽑아 당선작의 영광을 씌우기에는 조금 망설여지는 문제점들도 함께 지니고 있었기 때문이다.

오직 한 시인의 한 작품에만 대상의 영광을 부여해야 하는 심사의 어려움과 한계를 톡톡히 실감할 수밖에 없었다.

우선 후보로 오른 열두 분의 작품들을 정독하면서 오늘날 한국시가 안고 있는 현상과 문제점이 무엇인가 하는 점도 여실히 알 수 있었다.

진지한 언어의 치열성과 탐구는 있었으나, 전반적으로 침묵이 부족하다는 점이 문제인 것 같았다. 침묵과의 오랜 대결 후에야 비로소 묘사도 독백도 가능하지 않을까.

또한 시가 탄생될 수밖에 없는 필연성 없이, 흐릿한 정경과 사건, 일상의 경험을 습관적인 언어로 진술하거나 묘사하는 시가 대세를 이루고 있었다.

다행히 그중에서도 몇 시인에게서 한국시의 미래에 하나의 가능성과 든든한 역량을 발견한 것은 수확이었다.

시류와는 전혀 상관없이 시 본래의 언어의 절제를 꾀하고 있었고, 가락을 복원하고 있었으며, 상큼하고 발랄한 시어로 삶의 순간과 그 여백을 잘 포착하고 있었기 때문이다.

1차 투표 결과 이재무 시인과 송재학 시인으로 의견이 좁혀졌다.

두 시인은 개성은 서로 달랐지만, 사실 어느 분이 수상자가 되어도 시의 수준에는 전혀 차이가 없다고 보아졌다.

이재무 시인의 시인으로서의 능청스러움과, 언어를 주무르는 솜씨는 상당한 수준이었다. 그는 어떤 주제를 내놓아도 그것을 시로 만들어낼 수 있는 숙수熟手를 지니고 있었다.

송재학 시인은 사물의 본질을 향해 치열하게 언어를 밀고 나가는 힘이 돋보였다. 그의 언어의 용량은 크고 활달하여 눈에 익은 시어를 부정하고 새로운 시어로 사물의 깊이를 향해 끝없이 밀도를 더해가고 있었다. 그의 작업은 마치 그의 시 속의 박새처럼 갈필을 따라 날아다니다가 창가에서 허공의 날숨을 쉬고 있는 바로 그 모습처럼 보였다.

위의 두 시인 외에도 근래에 괄목할 만한 작업을 하고 있는 후보 시인들께 진심으로 마음의 박수를 보낸다. 대상 수상자인 송재학 시인의 대성을 기원한다.

사물에 대한 은유의 신선함

송재학의 시편들에서 그의 언어들은 해부학의 실험실에서 걷어 올린 알갱이처럼 눈 시린 바가 있다. 그래서 시가 나이를 먹지 않고 머루 잎에서 이슬 터는 소리가 들리는 것 같다. 이는 즉물적 대상에 대한 은유의 신선함 때문으로 판단된다.

송수권(시인/순천대 명예교수)

예심을 통과하고 본심에 올라온 시인은 모두 열두 분이었다. 장시간 논의에 논의를 거듭한 끝에 이재무, 송재학 등의 작품이 2차 대상으로 선정되었다. 두 분 다 작년도 우수작으로 선정되기도 하며 그 저력이 튼튼함을 보여주고 있는 분들이었다. 절차상 후보를 이렇게 압축시켰지만 그동안 주목할 만한 시인들의 시적 변모와 시 세계는 다음 기회로 미루어져서 아쉬움이 남았다.

이재무의 시편들은 삶의 직접성이라는 점에서 당대적 현실 문제에 무게가 느껴졌으며, 시가 사유재산이 아니라 공적 재산이란 점, 개인화된 상품이거나 개인의 사치품이 아니라는 현실적 문제에서 통점을 찾아낼 수 있었다. 〈웃음의 배후〉에서 보이는 현실의 위장된 웃음의 풍자성, 〈수직에 대하여〉에서 보이는 "수평은 수직이 만든 것이다" 또는 〈숟가락의 운명〉에서 "천천히 밥 한 그릇 달게 비운다 / 숟가락 앞에서 밥은 비로소 밥이 된다" 등의 일상 속에서 벌어지는 사유 감각이 그렇다.

송재학의 시편들에서 그의 언어들은 해부학의 실험실에서 걷어 올린 알갱이처럼 눈 시린 바가 있다. 그래서 시가 나이를 먹지 않고 머루 잎에서 이슬 터는 소리가 들리는 것 같다. 이는 즉물적 대상에 대한 은유의 신선함 때문으로 판단된다.

작년도 후보작 〈늪의 內簡體를 얻다〉에서도 늪을 비단 보자기로 싸놓은 세밀한 묘사 감각을 읽을 수 있었는데 이번 수상작 〈공중〉에서도 그것을 확인할 수 있어 기뻤다. "곤줄박이 한 마리 창가에 와서 앉았다 할딱거리고 있다 (…) 허공이란 가끔 연약하구나"라든가 〈바다가 번진다〉에서 "뼈가 허옇게 드러난 내륙의 상처를 핥으며 바다가 번진다 (…) 내가 죽은 뒤에도 바다는 수평선이 더 필요하다는 걸 알지 못한다"는 세세 항목의 묘사 언어들이 "등 푸른 언어"로 다가와서 이미지의 신선함을 더한다.

시가 본질적으로 언어인가 현실인가의 양비론이 아니라 양시론일 수밖에 없음은 언어의 태생이 그런 운명을 지니고 태어났기 때문일 것이다. 결국 송재학의 감수성과 이미지의 활달성 쪽으로 최종 합의에 이르렀음을 밝혀둔다. 열두 분 모두의 정진을 빈다.

언어적 감성과 지적 통찰

송재학 시인이 보여주고 있는 산문 형태를 변용한 시적 작업의 일정한 성취를 높이 평가하였다. 언어적 감성과 지적 통찰의 산문적 결합을 통해 빚어내는 시적 긴장이 시인 자신이 추구하는 하나의 미학으로 자리하고 있다는 점도 주목했다.

권영민(문학평론가/서울대 교수)

소월시문학상 최종 심사에서 내가 주목한 것은 송재학, 이재무, 김사인, 박라연 씨 등의 작품이다. 이 가운데 심사위원들의 몇 차례에 걸친 논의 끝에 대상 후보작이 송재학 씨와 이재무 씨의 시로 좁혀졌다.

이재무 씨의 작품에 대한 인상은 전체적으로 소박하다는 느낌이다. 일부러 과장된 목소리를 숨기지도 않으며 억지스런 기교를 탐하지도 않는다. 일상의 체험을 시의 영역으로 끌어들이는 특이한 감응력이 이 소박성에서부터 비롯된다. 그러나 시가 좀 유별나다는 느낌이 들지 않는 것이 이 시인의 작품에 대한 불만이다. 대상을 바라보는 시각도, 그 언어적 해석도 평범하다는 느낌을 떨치기 어렵다.

송재학 씨의 시들은 대상을 다루는 언어가 까다롭다. 시적 텍스트의 시각적 배열을 통해서보다는 언어의 응축된 힘에서 배어 나오는 호흡을 중시한다. 대상에 대한 산문적 진술이 해사적인 데에 빠지지 않고 긴장을 수반하는 것은 그 치밀한 묘사력에 기인한다. 사물에 대한 치밀한 분석이 없이는 이 같은 인상의 강렬함을 살려내기 힘들다. 물론 이러한 언어적 묘사가 자칫 소묘적인 데에 머물러버릴 수도 있다는 문제성도 발견된다.

최종 결정 단계에서 송재학 씨의 〈공중〉 외의 작품들을 소월시문학상 대상 수상작으로 선정하는 데에 함께 찬성한 것은 이 시인이 보여주고 있는 산문 형태를 변용한 시적 작업의 일정한 성취를 높이 평가하였기 때문이다. 언어적 감성과 지적 통찰의 산문적 결합을 통해 빚어내는 시적 긴장이 시인 자신이 추구하는 하나의 미학으로 자리하고 있다는 점도 주목했음을 밝힌다.

제25회 소월시문학상 작품집

초판 인쇄_2009년 5월 4일
초판 발행_2009년 5월 10일

지은이_송재학 외
펴낸이_임대현
펴낸곳_(주)문학사상
주소_서울특별시 송파구 오금동 91번지(138-858)
등록_1973년 3월 21일 제1-137호

편집부_3401-8543~4
영업부_3401-8540~2
팩시밀리_3401-8741~2
한글도메인_문학사상
홈페이지_www.munsa.co.kr
E메일_munsa@munsa.co.kr
지로계좌_3006111

잘못 만들어진 책은 구입하신 서점에서 바꾸어 드립니다.

값은 표지 뒷면에 표시되어 있습니다.

ISBN 978-89-7012-854-2 03810